LA PERLE DE PATMOS

DU MÊME AUTEUR

CHEZ LE MÊME ÉDITEUR

BLADE N° 1 : LA HACHE DE BRONZE
BLADE N° 2 : LE GUERRIER DE JADE
BLADE N° 3 : LES AMAZONES DE THARN
BLADE N° 4 : LES ESCLAVES DE SARMA
BLADE N° 5 : LE LIBERATEUR DE JEDD
BLADE N° 6 : LE MAUSOLEE MALEFIQUE
BLADE N° 7 : LA PERLE DE PATMOS
BLADE N° 8 : LES SAVANTS DE SELENA
BLADE N° 9 : LA PRETRESSE DES SERPENTS
BLADE N° 10 : LE MAITRE DES GLACES
BLADE N° 11 : LA PRINCESSE DE ZUNGA
BLADE N° 12 : LE DESTRIER DORE
BLADE N° 13 : LES TEMPLES D'AYOCAN
BLADE N° 14 : LES RÊVEURS DE XURA
BLADE N° 15 : LA TOUR DES DEUX SAGESSES
BLADE N° 16 : LES MERS DE CRISTAL
BLADE N° 17 : LES CHASSERESSES DE BREGA

JEFFREY LORD

BLADE

LA PERLE DE PATMOS

TRADUIT DE L'ANGLAIS
PAR FRANCE-MARIE WATKINS

PLON

Titre original :

PEARL OF PATMOS

ISBN : 2 - 259 - 00247 - 1

Édition originale :
ISBN : 0 - 523 - 00767 - 1
PINNACLE BOOKS INC. NEW YORK
ISSN : 0395 - 7780

I

C'était une de ces journées parfaites, si rares en Angleterre, le premier jour de juin. Le soleil était doré, la Manche couleur de saphir, l'air bruissait du bourdonnement des abeilles et du chant des oiseaux.

Richard Blade, vêtu d'un minimum de pagne, était couché sur son ventre plat et clignait des yeux vers le scintillement des vagues venant s'écraser paresseusement sur la petite plage. Au large, sous un velum de fumée brune, un caboteur faisait route vers la Tamise et Londres.

Blade se tourna sur le dos et ferma les yeux. Il s'assoupit, détendu, savourant le chaud soleil. Il n'eut pas conscience d'une ombre tombant sur sa figure. Un peu de sable coula sur son ventre musclé, lentement, comme d'un sablier.

La première impression de Blade, quand il ouvrit les yeux et vit la fille, fut d'un éclat de glace verte. Elle plissait les yeux et le considérait froidement entre ses longs cils, avec un mélange de curiosité et d'indifférence. Le sable continuait de couler de son poing bronzé. Blade ne dit rien.

— Au village, on m'a dit que cette crique est généralement déserte à cette heure. Je suis venue ici parce que j'avais envie d'être seule. Et maintenant je trouve une énorme créature comme vous qui prend toute la place.

Sa provision de sable s'épuisa, et elle s'épousseta les mains. Blade, que son entraînement avait rendu observateur, remarqua qu'elle avait des mains normalement très soignées mais il y avait maintenant de petits croissants sombres sous ses ongles. Elle portait une mini-robe d'une grande simplicité qu'il jugea fort coûteuse. Elle avait les pieds nus et ses longues jambes fuselées disparaissaient sous une petite culotte noire. Il sourit légèrement.

— Les indigènes sont pleins de bonnes intentions, dit-il, et normalement ils auraient eu raison. Je n'ai pas l'habitude de venir à cette heure. Mais aujourd'hui... eh bien c'est un peu particulier.

J avait téléphoné dans la matinée. Lord Leighton avait préparé le maître ordinateur. Le lendemain Blade devrait passer par la machine pour la septième fois. Pour explorer une nouvelle Dimension X.

La fille fit une moue qui gâcha un instant la joliesse de ses traits. Puis elle sourit et retrouva .toute sa beauté. Les yeux verts glacés l'observaient avec une lueur d'amusement.

— Vous regardez sous ma robe.

— Je ne vois pas comment je pourrais faire autrement. Rien ne vous oblige à rester plantée là. J'ai dans l'idée que vous êtes ce qu'il est convenu d'appeler une dame. Les dames sont censées être plus ou moins pudiques, il me semble.

Elle pencha la tête de côté. Elle avait une beauté grecque, le visage étroit, la bouche charnue, le nez très droit. Ses bras étaient minces, assez musclés, et Blade était sûr qu'elle ne portait pas de soutien-gorge. Leurs regards s'accrochèrent. Elle fut la première à rire, révélant de petites dents régulières très blanches sans être éblouissantes.

— Je ne le suis pas tellement.

— Pas quoi ? Pudique ?

— Oui. Je ne l'ai jamais été. Maman me grondait tout le temps mais rien n'y faisait. D'ailleurs ça n'a aucune importance, n'est-ce pas ? J'ai une culotte.

Blade hocha la tête. Il avait la vague impression d'avoir vu cette fille quelque part. Ou quelqu'un qui lui ressemblait.

— Vous n'allez pas partir et me laisser cette petite plage ?

— Non.

— Vous n'êtes pas précisément un gentleman, on dirait.

Il ferma les yeux et ne put s'empêcher de sourire.

— A mes heures, si. Tout dépend du lieu, de l'heure, des gens et de mon humeur. Dans ce cas précis, l'intrus ce n'est pas moi, mais vous.

— L'intrus ! Par exemple ! Ce n'est pas

une plage privée. N'importe qui peut y venir. On me l'a dit au village.

— Vous êtes tombée sur le seul village d'Angleterre dont tous les habitants sont des idiots. C'est une plage privée, mais jamais ils ne le reconnaîtront. Logique, au fond, à leur point de vue. Ils descendent tous de contrebandiers. Certains le sont encore, sans aucun doute. Il y a cinq ans que je possède le cottage, et ils s'entêtent à me prendre pour un espion de Sa Majesté. Mais la plage est bien à moi.

— Je suis venue ici parce que j'avais envie de me baigner. Ouvrez les yeux ! Je ne peux pas supporter les gens qui ne me regardent pas quand je parle.

Blade obéit. Il se souleva sur un coude. Cette question devait être réglée. Elle ne s'en irait pas, manifestement. Et, en l'examinant plus attentivement, il n'eut plus tellement envie de la voir partir. Le lendemain il passerait par l'ordinateur. Aujourd'hui... eh bien, c'était aujourd'hui. Et ces derniers temps, il avait mené une existence monacale.

Elle était tout près de lui, les poings sur les hanches, les jambes écartées, le slip noir toujours bien visible. Il regarda fixement sous sa robe jusqu'à ce qu'elle serre les jambes et tombe à genoux à côté de lui, en essayant en vain de couvrir ses genoux avec son bout de robe. L'intérieur de ses cuisses était de velours doré, brillant au soleil. Les yeux verts qui considéraient Blade paraissaient moins glacés.

— Je vais partir du principe que vous êtes un gentleman. Et je désire me baigner. Je n'ai pas de maillot. Alors vous voulez bien me laisser la plage, s'il vous plaît ? Je vous promets de ne pas être longue. Pas plus d'une demi-heure.

Quelque chose dans son regard, un soupçon de taquinerie, peut-être de promesse, inspira sa réponse à Blade :

— Baignez-vous tant que vous voulez. Avec ma permission. Mais j'ai l'intention de rester ici. Je suis chez moi, ne l'oubliez pas.

Elle feignit à merveille l'indignation.

— Mais je n'ai pas de maillot ! Je vous l'ai dit. Je ne peux guère... tout de même...

Maintenant ses yeux verts pétillaient. Elle se pencha vers lui.

— Vous ne savez vraiment pas qui je suis, hein ?

Blade faillit avouer l'idée qu'il avait eue, qu'elle lui semblait vaguement familière, mais se ravisa en se disant que cela risquait de gâcher le jeu auquel elle se livrait visiblement. Il n'avait jamais été homme à refuser les cadeaux des dieux.

— Je n'en ai pas la moindre idée. Pourquoi ? Vous êtes quelqu'un d'important ?

— No-on. Enfin, pour certains peut-être, mais pas vraiment. Si vous voyez ce que je veux dire.

— Pas du tout.

Elle rit et se leva.

— Très bien. Nous allons jouer à un jeu, vous voulez ?

— Avec joie. Quelle sorte de jeu ?

— Nous ne nous dirons pas notre nom. Ni maintenant ni jamais. Et nous devons promettre de ne jamais chercher à nous revoir. Vous acceptez ? Nous resterons des inconnus. Nous ne nous reverrons jamais, jamais. Quoi que nous disions, quoi qu'il se passe entre nous, nous l'oublierons après cette journée. Ce sera comme si elle n'avait jamais existé. Vous promettez?

— Quoi qu'il se passe entre nous ? Qu'est-ce qui pourrait se passer ?

Elle haussa ses épaules délicates et ses seins frémirent sous la robe.

— Je ne sais pas. Vous non plus. Cela fait partie du jeu. Nous allons laisser aller les choses naturellement. Il ne se passera peut-être rien du tout.

Blade éclata de rire.

— Je préfère ne pas y penser! Mais d'accord, je promets. Quand commençons-nous à jouer?

Elle retomba à genoux près de lui.

— Tout de suite. Mais d'abord nous devons avoir des noms... Non, ne me dites pas le vôtre. Des noms d'emprunt. Hmmmm, voyons...

Elle l'examina des pieds à la tête, passa un doigt léger sur son torse velu.

— Je crois que ce jeu va me plaire, dit Blade.

Elle plaqua une main sur sa bouche. Sa paume était fraîche et tout incrustée de sable.

— Taisez-vous. Hum, oui. Hercule. C'est

l'évidence même. Un peu banal, mais vous devrez être Hercule. D'accord?

Blade prit ses cigarettes et son briquet.

— D'accord, du moment que je n'ai pas d'écuries à nettoyer. Et vous, qui serez-vous? Un personnage mythologique aussi?

— Naturellement. Je suis Diane.

— Excellent. Cela vous va, je pense. Déesse de la lune. Et de la chasse.

Les yeux verts brillèrent entre les cils.

— Je suis... très bonne chasseresse.

Blade alluma sa cigarette. Elle regarda autour d'elle. La plage était un petit croissant de sable et de galets, au pied d'une falaise en surplomb. A une centaine de mètres, un escalier de bois se plaquait en zig-zag contre la paroi rocheuse.

— Est-ce qu'on peut nous voir?

Blade sourit. Il n'était pas encore sûr qu'elle se déshabillerait, mais se tenait tout prêt à être agréablement surpris.

— Les villageois sont peut-être des idiots et des contrebandiers, mais pas des voyeurs. Ils me fichent assez bien la paix.

Soudain, d'un mouvement souple, elle tira sa mini-robe au-dessus de sa tête et la jeta sur le sable. De nouveau debout, les jambes écartées, elle lui fit face, souriante, offrant son corps à son inspection.

Le slip noir très simple, sans aucun ornement, se plaquait sur sa peau. Quelques mèches frisées s'en échappaient. Ses jambes, pensa Blade, étaient élégantes. Un mot démodé, mais le seul qui convenait.

Ses seins défiaient toute description. Blade oublia les qualificatifs et admira tout simplement, en sentant réagir son propre corps.

— Vous avez bien choisi votre nom, dit-il. Vous êtes Diane elle-même, en chair et en os. Bien en chair. Telle que devaient l'imaginer les Grecs.

Elle rejeta sur son épaule ses épais cheveux bruns. Le mouvement fit frémir ses seins dorés couronnés de boutons de roses. Elle considéra Blade, en mordillant sa lèvre inférieure.

— Quand vous vous serez suffisamment rincé l'œil, nous pourrons poursuivre le jeu. Il y a des règles, une surtout. Il vaut mieux que vous la connaissiez.

— Il y a toujours des règles, grommela Blade. Qui gâchent généralement tout. Quelle est la vôtre?

— Vous pouvez me regarder, mais défense de toucher.

— Ah?

— Jusqu'à ce que je vous le permette... si je vous le permets. Vous acceptez? Sinon, nous devons cesser le jeu tout de suite.

— Mais j'accepte, j'accepte, se hâta de répondre Blade.

— Est-ce que vous allez venir nager avec moi?

Il jeta sa cigarette et en prit précipitamment une autre.

— Euh... Pas tout de suite. Allez, vous. Je vais fumer un moment, et vous regarder. N'allez pas trop loin, il y a de mauvais courants.

Il y avait maintenant de la malice et de la joie pure dans les yeux verts. Elle laissa tomber son regard sur le pagne.

— Vous n'osez pas vous lever! s'écria-t-elle en riant. Vous avez peur que je voie à quel point vous êtes excité!

Blade se pencha vivement sur son briquet récalcitrant.

— Ne dites pas de sottises. Vous oubliez qui je suis. Hercule ne se laisserait jamais tracasser par une chose pareille.

Elle se mit à rire aux éclats.

— Vous êtes gêné! Hercule est gêné!

— Jamais de la vie!

Riant aussi, Blade se leva, en espérant qu'il ne se trompait pas sur l'isolement et l'intimité de la crique.

— Oh! fit-elle en remarquant l'énorme bosse que faisait le pagne.

— Quelque chose ne va pas? demanda-t-il innocemment.

— Oh! mon Dieu!

Elle tourna les talons et courut vers les vagues. Blade la suivit. Il jeta un coup d'œil vers le sommet de la falaise. Personne. Pas le moindre reflet de soleil sur des jumelles. Ils ne risquaient sans doute rien, pensa-t-il en plongeant dans l'eau froide.

Quand il remonta à la surface, la fille avait disparu. Il nagea sur une centaine de mètres, sans effort. L'oriflamme de fumée du caboteur s'était presque dissipée. Il ne s'inquiétait pas pour Diane. Elle devait sûrement être à son aise dans la mer.

Un bouillonnement soudain près de lui, et elle jaillit comme un dauphin dans un arc-en-ciel de gouttelettes. Des paillettes d'eau scintillaient sur ses seins. Elle lui aspergea la figure, en riant, rejetant en arrière ses cheveux mouillés.

— C'est merveilleux. Je ne me suis pas baignée depuis que je suis revenue de la Côte d'Azur. J'adore la mer. Je dois être un peu sirène.

Blade se tenait à flot en gardant ses distances. Il fronça les sourcils.

— Je préfère de beaucoup que vous restiez Diane. Si j'ai bonne mémoire, il manque aux sirènes quelque chose d'essentiel.

Elle se rapprocha de lui, en ouvrant de grands yeux, ses petites dents mordant sa lèvre inférieure.

— Vous savez, Hercule, il y a quelque chose, chez vous... Au début, je vous ai pris pour une grande brute musclée, mais je me trompais.

— Hercule a toujours été sous-estimé, déclara gravement Blade.

Elle était maintenant tout contre lui. Elle noua ses bras autour de son cou et approcha la bouche de son oreille. Ses seins s'écrasèrent sur son torse puissant. Elle chuchota :

— Hercule a le droit d'embrasser Diane s'il le désire.

— Il le désire.

Enlacés ils se laissèrent flotter, leurs bouches réunies.

— Nageons un peu plus loin. On ne sait jamais, il pourrait y avoir quelqu'un sur la falaise.

Blade n'en voyait pas l'utilité, mais il ne protesta pas. Pour le moment, il n'aurait pu se moquer davantage des voyeurs éventuels. Son corps massif débordait de désir. Il l'entraîna, sentant ses longues cuisses glisser contre les siennes; tout en nageant il caressait sa peau satinée, observait les boutons de roses de ses seins se changer en aiguilles carminées. Il fit cent mètres, et encore cent. Ni l'un ni l'autre n'était essoufflé ou fatigué. Il se dit qu'elle devait être aussi bonne nageuse que lui. Blade pouvait couvrir vingt milles sans perdre haleine.

— C'est assez loin, souffla-t-elle.

Ils s'embrassèrent. Elle glissa une main à l'intérieur du pagne.

— Hercule. Oui, Hercule, vraiment.

Tout en le tenant fermement, en le pressant et le caressant, elle arqua son dos et s'écarta un peu de lui. Elle souriait et ses yeux verts pétillaient malicieusement.

— On m'a dit que c'était impossible. Qu'on ne peut pas, vous savez, qu'on ne peut rien faire sous l'eau.

Blade en avait assez des taquineries. Il tira sur le slip noir.

— Les gens disent n'importe quoi. Maintenant, Diane, faites-moi le plaisir de vous taire!

— Faites-moi taire vous-même. Emplissez-moi.

Il ferma sa bouche avec la sienne, et elle lui fit un barrage de sa langue. Les yeux fermés, elle se tortilla et aida Blade à la débarrasser du slip.

— Ne le perdez pas, je...

— Taisez-vous. Trop tard. Il est parti.

— Je m'en fiche. Au diable les slips. Où es-tu, mon chéri?

Blade s'insinua d'une forte poussée entre ses cuisses accueillantes. Elle le chercha à tâtons, le saisit et le guida.

— Ah oui. Oui. Je pensais t'avoir égaré. Ah oui. Là. C'est là...

Sans que ses lèvres quittent la bouche de Blade, elle fit un petit bond et lui serra la taille entre ses longues cuisses. Il glissa facilement, profondément, dans cette humide grotte sous-marine. Elle noua ses chevilles dans son dos et le serra avec une force surprenante. Au bout d'un moment, elle lui mordilla l'oreille en chuchotant :

— Je veux tout de toi. Tout!

Une minute s'écoula en silence. Leurs corps se parlaient, leurs soupirs et leur respiration se mêlaient, mais aucun mot ne leur venait à l'esprit.

Enfin elle murmura :

— J'espère que tu peux nous garder à flot tous les deux, mon amour. Je ne serai pas d'une grande utilité. Ah mon Dieu!

Blade, explorant frénétiquement la longue grotte étroite qui l'emprisonnait, à la fois victorieuse et captive, avide d'être soumise, se sentit au bord de l'extase.

Elle l'était aussi. Elle lui souffla à l'oreille :

— Je ne vais pas être longue, maintenant. Pas longue.

Il parvint à articuler :

— Respire profondément.

Elle hocha la tête et se cramponna à lui dans un spasme de frénésie. Ils plongèrent tous deux sous la surface scintillante.

Au fond. Lentement. Ils tournaient et plongeaient et dérivaient. De la luminescence liquide dans l'obscurité croissante. Elle avait les yeux fermés, ses cheveux flottaient comme des algues brunes, sa bouche fermée se pressait contre la joue de Blade. Plus bas, toujours plus bas, frémissants tous deux, noyés et cependant vivants. Une seule créature, une seule statue de corail. Soudés. Unis dans une même éruption volcanique.

Ils remontèrent lentement à la surface, leurs membres enlacés. Ils revirent avec étonnement le soleil. Rien n'avait changé. L'éternité n'avait pas duré une minute.

Pendant quelques instants ils firent la planche côte à côte, se laissant porter par l'ondulation des vagues, silencieux, repus, nourrissant des pensées secrètes. Blade tenait la petite main froide de Diane.

— Il y a toujours le rabat-joie, dit Blade, l'insupportable individu au sens pratique qui vous fait retomber sur terre. Il va falloir que ce soit moi. Nous sommes plus ou moins dans le pétrin, Diane. Nous avons perdu nos slips.

Il s'était attendu à un rire. Elle ne rit pas,

elle ne dit rien et il se retourna dans l'eau pour la regarder. Elle le considérait avec langueur, ses yeux voilés encore pleins d'extase. Blade posa sa joue sur un des seins nus. Elle caressa sa tête mouillée, mais s'écarta au bout d'un instant.

— Peu importe, dit-elle. J'ai toujours ma robe. Et ma voiture est garée dans un sentier près du bord de la falaise. Je ne risque rien.

Blade vit une solution.

— Je vais aller à la plagc le premier et rapporter la robe. J'espère que l'eau de mer ne la gâchera pas irrémédiablement?

Elle sourit alors, et lui caressa la figure du bout des doigts.

— Non. J'ai des centaines de robes. Aucune importance. Mais il y a autre chose. Je dois partir. Immédiatement.

Il ne fut pas surpris. Il s'y était attendu. Tournant la tête il regarda la plage. Elle paraissait très lointaine. Elle devina sa pensée.

— Je me débrouillerai très bien. La distance n'est rien. Tu... Tu ne chercheras pas à me suivre? A savoir qui je suis... ni rien?

— Ni rien. Le triton abandonné donne sa parole. Adieu, Diane.

Il éprouvait des regrets, mais dans ces circonstances, peut-être était-ce aussi bien.

— Adieu, Hercule. Je ne t'oublierai jamais. Ni cette journée.

Leurs regards se croisèrent, s'attardèrent. Elle avait les yeux toujours aussi verts, mais l'éclat de glace avait fondu.

— Aucun de nous, dit Blade, ne risque d'oublier cette journée.

Elle l'embrassa légèrement sur la bouche, lui dit adieu une dernière fois et s'éloigna rapidement à la nage.

II

J avait demandé à Blade de passer à Copra House. C'était de cette antique bâtisse, proche de Threadneedle Street, qu'il dirigeait les affaires de MI 6 A. Il avait là une suite de petits cagibis miteux qui lui servaient symboliquement de bureaux. Quand Blade entra il trouva J pareil à lui-même, placide, tweedeux, fumant sa pipe. Le fonctionnaire anglais typique et banal.

Blade ne s'y trompait pas. J avait considérablement vieilli depuis le début des expériences avec l'ordinateur. Il lui arrivait d'être nerveux, alors qu'auparavant il avait eu de l'eau glacée dans les veines. Blade le comprenait. Ses propres nerfs n'étaient plus ce qu'ils avaient été.

D'un geste nonchalant, J lui désigna une chaise.

— Bonjour, Richard. Vous avez l'air en pleine forme.

— Je le suis. Je devrais l'être. Je me suis réveillé ce matin au chant des merles et dans le parfum du chèvrefeuille.

J suçota sa pipe et posa sur Blade un regard méditatif.

— J'ai dans l'idée que le gamin proteste un peu trop. Pour être franc, Richard, je n'ai pas l'impression que vous soyez très heureux à l'idée de retourner dans la Dimension X.

— Pour être franc aussi, monsieur, je vous avoue que je m'en passerais bien. J'irai, bien sûr, c'est mon boulot. Je le ferai.

J hocha la tête.

— Naturellement, mon garçon. Bien sûr. Mais ça ne peut pas durer éternellement, vous savez. C'est... ah... c'est un peu pourquoi je vous ai demandé de passer avant d'aller à la Tour.

Blade se leva et alla regarder par une des vitres poussiéreuses. Au coin de Lothbury Street, un petit vendeur de journaux réfugié dans une embrasure de porte brandissait une affichette. Blade put lire les énormes caractères noirs : LADY DIANA DELAISSE DAVID.

La laborieuse allitération le fit sourire. Il était loin d'être snob, mais jamais de sa vie il n'avait lu le *News of the World*. Un journal vivant, pas trop amoureux de la vérité, une feuille de potins. Cependant, en revenant vers J, il ne put s'empêcher de se demander qui était l'infortuné David, et pourquoi Lady Diana le délaissait.

— Je crois que vous avez le droit de savoir, reprit J, que Lord L et moi vous cherchons un remplaçant. Ce n'est pas facile, je vous l'assure. Sa Seigneurie a gavé de cartes son ordinateur, avec l'énergie du désespoir.

Jusqu'ici, il n'a rien trouvé de bien bon. Nous avons quelques, euh! candidats. Une vingtaine qui paraissent éligibles, superficiellement tout au moins. Sur les vingt, il pourrait y en avoir un qui fasse l'affaire. Si nous avons de la chance.

Blade se rassit nonchalamment. Il sourit.

— Vous voulez me virer, hein? Mon travail laisse à désirer? Vous croyez que je suis lessivé?

Pendant un instant J crut qu'il parlait sérieusement et il commença par protester.

— Mon cher garçon, vous savez très bien que...

Il s'interrompit, jeta à Blade un coup d'œil réprobateur et reprit :

— Je parle très sérieusement, moi. Tant va la cruche à l'eau et tout ça. Nous ne pouvons pas le permettre. Simple question de bon sens, de bonne technologie. Les Américains, par exemple, font très attention et ne surmènent pas leurs astronautes. Un seul voyage dans la lune, deux au plus. La tension nerveuse, la peur même — et nous la connaissons tous — tout cela peut s'accumuler et devenir dangereux.

Blade considéra son chef avec ironie.

— Vous n'avez pas besoin de me faire l'article, vous savez. J'ai été là-bas six fois et je suis prêt à laisser tomber. Tout de suite. Vous voulez une lettre de démission?

J avait l'air de ne savoir où se mettre.

— J'aimerais que ce soit aussi facile, Richard. Mais ça ne l'est pas, naturellement. Lord L vous attend en ce moment.

Blade se leva; sa masse musclée faisait paraître la pièce encore plus petite qu'elle n'était. Ses cheveux noirs effleuraient presque le plafond. Il cligna de l'œil à J.

— Alors qu'est-ce que nous attendons? Allons-y. Qui sait? Cette fois ce sera peut-être du gâteau.

Il ne s'illusionnait pas. Comme toujours, la mort et la terreur rôderaient dans la Dimension X.

Ils quittèrent Copra House par une porte de côté et débouchèrent dans Lothbury Street. Le gamin agitait toujours son affichette au gros titre noir.

— Qui diable peut être ce David, à votre avis? demanda Blade.

C'était une question toute rhétorique. J était le dernier homme au monde à se tenir au courant des faits et gestes des diverses sous-cultures londoniennes. J le surprit. Il jeta un coup d'œil à la grosse manchette et sourit.

— Vous êtes vraiment coupé de tout, dans votre cottage du Dorset, on dirait.

— C'est vrai. Et ça me plaît. D'ailleurs, si j'y recevais un journal, ce ne serait sûrement pas le *News of the World*.

J héla un taxi qui passa sans s'arrêter.

— Il ne faut pas être comme ça, Richard. Je reconnais que ce journal est une abomination, une feuille à scandales, mais ça ne manque pas de piquant et de vie. Vulgaire, oui, mais vivant. Il y a des moments où je pense qu'un peu de vulgarité ne ferait pas de mal au *Times*.

Blade ne l'entendit pas. Il regardait fixement

le vendeur de journaux, de l'autre côté de la rue, qui levait un des journaux plié en deux. LADY DIANA DELAISSE DAVID. Et sous la manchette Blade voyait une photo sur trois colonnes. Une photo de femme, mais à cette distance il ne distinguait pas les traits.

J fit signe à un autre taxi qui les ignora aussi. Blade traversa pour aller acheter le journal, donnant un shilling au gamin sans attendre sa monnaie. Il retraversa, tout en examinant la photo. Il évita de justesse de se faire écraser par un camion.

C'était elle. Diane. Sa Diane de la plage. C'était incroyable, impossible, et pourtant elle souriait, là sur cette photo. *Lady Diana dans son dernier film,* « Adieu châteaux », disait la légende.

Naturellement. C'était là qu'il l'avait vue. Au cinéma. Dans des dizaines de journaux et de magazines.

— Vous devez être vraiment très curieux, Richard, lui dit J quand il le rejoignit. Risquer votre vie dans cette circulation pour ce canard à deux sous!

— Ça me vient par moments, répondit Blade en riant. Si je ne sais pas qui est David, je vais piquer une crise.

— J'aurais pu vous le dire, mon garçon. Sir David Throckmorton-Pell. Le mari de la dame.

Blade resta impassible. Il contempla de nouveau la photo de Diane. Lady Diana! La petite garce. Elle lui avait donné son vrai nom.

— J'ai entendu parler de Sir David, bien sûr. Le juge. Le président d'Old Bailey. Un type assez redoutable, à ce qu'on dit, non?

— Précisément. On l'appelle « La Corde », et ce n'est sûrement pas parce qu'il s'amuse à faire des nœuds, à moins que ce ne soient des nœuds coulants.

Blade l'entendait à peine. Il se souvenait. La mer bleue. Des yeux verts. Une plongée, plus bas, toujours plus au fond...

— Richard! Richard! Eh bien, que vous arrive-t-il, mon garçon? Vous êtes tombé en transes?

Blade leva les yeux. J avait enfin trouvé un taxi et y était déjà installé. Le chauffeur s'impatientait. Blade plia le journal et monta.

— Excusez-moi, monsieur. Je rêvais.

J demanda au chauffeur de les conduire à la Tour de Londres, puis il jeta à Blade un coup d'œil aigu. Blade se détourna et regarda la chaussée. Elle était embouteillée, un bouchon total. Ils mettraient des heures à arriver à la Tour.

— Pourquoi cet intérêt pour les escapades de Lady Diana? demanda J. Vous connaissez cette dame?

— Pas vraiment. Je l'ai vue au cinéma, répondit Blade en évitant tout juste le mensonge. Il ne la connaissait pas *vraiment*, dans le fond. Il songea à la vieille plaisanterie sur les rapports sexuels qui ne constituent pas des présentations, et il eut du mal à réprimer un sourire.

J se pencha et tapa sur l'épaule du chauffeur.

— Vous ne pouvez pas aller un peu plus vite, mon ami? Nous sommes pressés!

Lord L avait déjà préparé l'ordinateur, et Sa Seigneurie avait horreur d'attendre. J se carra dans son coin en rongeant son frein. Blade déplia le journal et parcourut l'article sur Lady Diana. J allongea le cou pour regarder la photo.

— Vraiment ravissante, vous ne trouvez pas?

— Superbe.

Et passionnée. Un peu folle. Certainement amorale, mais pas immorale, non; avec un dur noyau de franche luxure et beaucoup de tendresse pour la tempérer. Mais tout cela, il le garda pour lui.

J bourra sa pipe, résigné à la longue attente, à leur retard, à la colère de Lord L. Des « bobbies » casqués apparurent et commencèrent à tenter de faire circuler, dans un vacarme assourdissant d'avertisseurs. Lisant par-dessus l'épaule de Blade, J grommela :

— Ainsi, elle a quitté le vieux encore une fois, on dirait. Ce n'est pas la première. Ce n'est guère une nouvelle, mais je suppose qu'ils doivent en tirer de la copie, en profiter. Dommage, pour tous les deux. Mais aussi, ces mariages mai-décembre ne marchent jamais. Très bizarre, d'ailleurs, ce mariage. Je ne comprends pas. Ce n'est pas comme si elle n'était qu'une chercheuse d'or. Très bonne famille, vous savez. La fille du baron Gervase. Pourris de fric. Des papeteries et des usines de pâte à papier dans les Midlands, quelque chose comme ça.

Blade coula vers son chef un regard intrigué. C'était une facette de J qu'il avait ignorée.

Bien sûr, son métier c'était l'espionnage, et il devait tout savoir sur les gens, mais tout de même...

— Il m'arrive de lire la chronique d'Anthony Asquith dans le *Mirror*, avoua le vieux monsieur, et Blade fut amusé de le voir sur la défensive. Il faut bien se tenir au courant.

— Naturellement, dit gravement Blade.

— Ce ne sont que des rumeurs, des ragots, mais de temps en temps on tombe sur une parcelle de vérité.

— Je n'en doute pas.

— Un peu de lecture facile fait parfois du bien.

Blade éclata de rire.

— Vous n'avez pas à vous excuser, monsieur!

— Je ne m'excuse pas, bon Dieu, mais, eh bien, je sais que ce n'est qu'un tas de sornettes, mais c'est fascinant de connaître les faits et gestes de ces gens. Ils ne valent pas grand-chose, beaucoup trop d'argent, mais il faut avouer qu'ils ne sont pas monotones.

— Oui, il faut l'avouer.

Tandis que le taxi redémarrait enfin, Blade examina sournoisement J. Il était à la tête du MI 6, la plus grande organisation de contre-espionnage d'Angleterre. Il n'y avait sûrement rien de monotone là-dedans, sauf pour J, peut-être. Depuis la création de l'ordinateur, J dirigeait aussi le MI 6 A, le bureau de haute sécurité destiné à préserver le secret de la Dimension X. Et pourtant il lisait les potins pour meubler son ennui. Ou plutôt, sans doute, pour soulager sa tension, pour oublier un peu ses terribles responsabilités.

Blade secoua la tête. Le monde était fou.

Le taxi s'arrêta près de la Tour historique, et J régla la course en grommelant :

— Je ne sais pas ce que je pourrai dire de plausible à Lord L. Il ne croira pas aux embouteillages. Il ne quitte son laboratoire qu'une ou deux fois par an, et encore dans une limousine officielle pour aller voir le Premier ministre.

— Je suis sûr qu'il nous pardonnera, chef. Voilà notre escorte.

Les solides agents de la Branche spéciale qui les attendaient pour les escorter dans les souterrains de la Tour étaient des nouveaux. J y tenait. Ces hommes venaient de l'extérieur, ils n'étaient jamais admis dans le sanctuaire récemment creusé dans le roc sous la Tour. Ils n'effectuaient cette mission qu'une fois, et ils étaient ensuite liés à jamais par le secret professionnel.

J et Blade les suivirent dans un long tunnel, traversèrent le labyrinthe familier de salles souterraines et arrivèrent devant la porte en bronze d'un ascenseur. Un agent appuya sur un bouton et ils attendirent. Bientôt, un murmure hydraulique se fit entendre.

Un des agents, aux épaules presque aussi larges que celles de Blade, dit à J :

— Sa Seigneurie nous a téléphoné plusieurs fois, monsieur. Pour demander après vous. Il croyait que vous vous étiez perdus dans la Tour.

J hocha la tête en grognant. Un instant plus tard la cabine arriva. J y entra avec Blade. Il avait maintenant la permission de l'accompagner jusqu'à la salle du grand ordinateur, un privilège qu'il avait eu du mal à obtenir. Lord Leighton était un tyran dans son domaine. Certains, d'ailleurs, estimaient que le vieux savant était un tyran dans tous les domaines.

Il n'y avait pas de commandes dans la cabine. Sur un signal donné d'en bas, elle se mit à descendre lentement, de plus en plus profondément, en prenant de la vitesse. Blade et J, qui étaient souvent passés par là, avaient encore du mal à garder leur estomac à sa place.

L'ascenseur parut plonger en chute libre. J se cramponna à la barre de cuivre, en mordant farouchement sa pipe, l'air presque terrifié. Blade rit. Il savait que Lord L lui-même manœuvrait l'ascenseur. Sa Seigneurie se payait une petite plaisanterie et se vengeait de leur retard.

Enfin la cabine s'arrêta, et la porte de bronze coulissa. Leighton les attendait dans l'antichambre bien éclairée où il n'y avait qu'un bureau et deux chaises. Sa Seigneurie s'appuyait contre le bureau, la blouse blanche pendant de travers sur sa charpente ravagée par la poliomyélite. Il était bossu et souffrait perpétuellement du dos. Ses petits yeux jaunes les foudroyèrent tous les deux, et il accabla J de reproches venimeux.

— Où diable avez-vous été, bon Dieu? Combien de fois faudra-t-il vous dire que lorsque je règle l'ordinateur nous devons respecter l'horaire? A la seconde! Au centième de seconde! Maintenant vous avez tout foutu en l'air, maintenant je suis au milieu d'un cycle. Il faudra attendre que je procède à un nouveau réglage!

En général, J ne se laissait pas tyranniser. Il se disputait souvent violemment avec Lord L. Cette fois, il présenta l'autre joue et murmura des paroles apaisantes. Lord L l'ignora et se tourna vers Blade.

— Asseyez-vous, Richard, asseyez-vous. Désolé de ne pas avoir une autre chaise, J, mais nous n'avons pas besoin de vous, n'est-ce pas?

— Je peux très bien rester debout.

— A votre aise.

Lord L haussa les épaules et contourna le bureau de sa démarche de crabe pour s'y asseoir. Il prit un stylo et se mit à fourrager dans un tas de papiers.

— Autant rester ici, nous sommes aussi bien que dans la cage de l'ordinateur. Vous avez l'air en pleine forme, Richard. En forme et prêt. Car vous êtes prêt, je présume? Pas d'appréhension? De doutes de dernière minute?

Blade, qui était resté debout par respect pour J, assura qu'il se sentait très bien.

— Rien que l'appréhension et les doutes habituels, ajouta-t-il.

Lord Leighton se mit à couvrir de pattes de mouche une grande feuille de papier, en marmonnant tout seul. J, sa pipe tirant comme un haut fourneau, arpentait la salle.

Enfin Lord L leva les yeux vers le chronomètre mural et lâcha son stylo.

— On peut y aller, Richard. Le temps que je procède au réglage et que nous vous installions, la phase arrivera. Il ne faut pas la manquer une deuxième fois.

On sortait de l'antichambre par une porte d'acier. J alla jusqu'à cette porte, et puis il s'arrêta et tendit la main à Blade.

— Je me suis ravisé, mon cher enfant. Sa Seigneurie a raison. Vous n'avez pas besoin de moi. Au revoir, et bonne chance là-bas.

— Merci, monsieur. A bientôt.

Blade suivit Lord L qui trottinait déjà dans le long couloir menant au complexe des ordinateurs. Il traînait la jambe mais marchait vite. Ses cheveux blancs, légers comme un duvet sur son crâne rose, donnaient l'impression d'une auréole autour de son crâne rose. Blade, réprimant un sourire, se dit que le vieux génie ne la méritait sûrement pas.

Ils s'arrêtèrent au premier poste de sécurité pour vérification d'identité. Lord L plaça sa paume sur un rectangle de verre lumineux, et Blade en fit autant. Quelque part au fond du complexe un ordinateur-sentinelle relèverait les lignes de la main et les comparerait avec les empreintes qu'il avait dans sa mémoire.

Une voix métallique annonça :

— Vérification effectuée. Vous pouvez avancer.

Ils franchirent une barrière de haut voltage, qui les aurait assommés s'ils avaient essayé de pénétrer sans l'autorisation du vérificateur, et se dirigèrent vers un coude du corridor. Ils arrivèrent devant un autre poste de sécurité. Là leur photo fut prise et expédiée à un cerveau électronique pour examen et comparaison. Le cerveau approuva. Ils repartirent.

Lord L ralentit le pas. Ils serpentaient maintenant dans un dédale de petites salles contenant chacune un ordinateur et un technicien en blouse blanche. C'étaient les entrailles de l'Annexe de l'Ordinateur II, consacrée aux projets de routine. Dans un bourdonnement et un cliquetis semblables à une nuée de sauterelles, les ordinateurs travaillaient à classer et trier tout ce qui concernait le gouvernement et les sujets de Sa Majesté. Blade éprouvait toujours un vague malaise en traversant ce secteur.

Après un dernier contrôle de sécurité, cette fois par empreinte vocale, ils quittèrent l'Annexe et arrivèrent à l'Ordinateur I. C'était le souterrain original creusé à même le roc, très loin au-dessous de la Tour de Londres, où Lord Leighton avait monté son premier ordinateur, celui qui avait expédié Blade dans le pays d'Alb.

Blade se plia aux préparatifs familiers. Il trouva son cagibi habituel, se déshabilla, s'enroula dans le pagne et s'enduisit de pommade au goudron contre les brûlures. Puis il franchit la porte donnant dans le cœur même de l'ordinateur. Le fauteuil attendait sur son socle isolant, dans la cage de verre. Encore une fois, Blade trouva qu'il ressemblait à une chaise électrique.

Il s'y assit. Le siège était en caoutchouc moulé, froid sous ses fesses nues. Il regarda sans trop y penser les centaines de minuscules fils de couleur passant par de petits trous vers la machine elle-même. Ils étaient liés en câbles plus ou moins épais, une trentaine, portant tous à leur extrémité une électrode brillante grosse comme une pièce de monnaie, qui serait fixée sur le corps de Blade. Dans les massives entrailles de la machine, les fils se diversifiaient, se dédoublaient, se multipliaient, s'accouplaient, en engendraient d'autres, et finalement se comptaient par plus d'un million. Un million de nerfs d'aluminium, d'acier et de cuivre, et Lord Leighton connaissait l'emplacement exact et la fonction précise de chacun.

Sa Seigneurie entra dans la salle et s'approcha du tableau de commandes scintillant en face de Blade. En le regardant manipuler des manettes, tourner des cadrans, abaisser des leviers, la tête penchée de côté, sa bosse grotesque sous la blouse blanche, Blade éprouva le frisson d'anticipation habituel. Et aussi une admiration accrue pour ce vieillard infirme. Lord L lui avait dit une fois que le cerveau humain contient quelque dix milliards de cellules complexes, mais que les gens ne savaient pas en tirer parti. Blade était certain que ce n'était pas le cas de Lord L.

Le vieux savant acheva son réglage et rejoignit Blade dans la cage de verre. Tout en commençant à appliquer les électrodes, il se mit à bavarder à tort et à travers; il faisait cela pour lui calmer les nerfs, mais Blade n'en avait pas besoin. Sa peur était normale et saine et, par moments, il aurait voulu échapper à cette logorrhée. Mais il était inutile de se plaindre, Lord L n'en faisait qu'à sa tête.

Il appliqua une électrode sous l'oreille gauche de Blade.

— Là, voilà. Comme ça. Hum, voyons voir. Oui, je crois que c'est bien ainsi. Nous n'avons encore jamais employé de connexion génitale, je crois?

Blade baissa les yeux sur les électrodes fixées sur ses testicules.

— Non, monsieur, jamais. Pourquoi cette fois? C'est une partie assez sensible, vous savez, et je ne vois pas comment...

— Bien sûr que vous ne voyez pas, Richard. Mais ne vous faites pas de souci. Nous ne pouvons pas rester sur place, vous savez. Il nous faut progresser, progresser encore. Vous aurez remarqué que j'emploie quarante électrodes cette fois, au lieu de trente.

Blade l'avait remarqué. Lord L acheva de le ceinturer de fils et d'électrodes et annonça :

— Je vous laisserai peut-être plus longtemps dans la Dimension X, Richard. Je n'en ai pas parlé à J, il n'est plus qu'une vieille fille peureuse, mais vous avez le droit de le savoir.

— Combien de temps, monsieur?

Blade ne voyait pas la figure de Lord L, qui était derrière lui et lui collait des électrodes au creux des reins.

— Pas très longtemps, répondit-il gaiement. Mais un peu plus longtemps. Naturellement, nous ne savons pas quelle échelle de temps vous allez trouver là-bas, mais selon celui de la Dimension normale, je compte vous y laisser au moins deux mois. Vous n'avez pas d'objections?

Emberlificoté comme il l'était dans un réseau de fils et d'électrodes, Blade ne pouvait rien faire, sinon rire de la question.

— Pas d'objections, monsieur.

— Bien, bien. Parfait. J s'inquiétera et me traitera de tous les noms, comme d'habitude, mais ça n'a pas d'importance. Là, vous êtes presque prêt. Nous allons répéter la liste une dernière fois, mon garçon. Je sais que c'est maintenant de l'histoire ancienne, mais pour me faire plaisir nous allons parcourir la check-list, d'accord?

Lord L cocha les instructions tandis que Blade les récitait. Des mesures de préservation, comment protéger son potentiel cervical, les conditions optima pour un rappel de l'ordinateur. Blade connaissait tout cela par cœur et n'avait jamais eu à s'en servir.

Lord Leighton retourna en traînant la jambe vers le pupitre de commandes. Blade regarda sa vieille main noueuse se tendre vers la manette rouge. La peur le tenaillait maintenant, et il avait l'impression d'avoir un bloc de glace dans le ventre. Il y aurait la douleur. Il y aurait la folie. Il était une fois de plus au bord de l'inconnu, de l'impensable... jusqu'à ce que cette manette rouge s'abaisse; alors ses cellules cervicales se dissoudraient, se déplaceraient, se formeraient en fusion dans quelque nouveau moule qui les restructurerait. Il aurait un nouveau cerveau entièrement transformé, capable de percevoir un monde nouveau et différent.

Lord Leighton tourna la tête, sourit et agita la main.

— Bonne chance, mon garçon. Prenez bien soin de vous.

La manette s'abaissa.

Blade sentit ses yeux sortir de leurs orbites tandis que des milliers de litres de sang étaient pompés dans sa tête. Lord L était un graffiti blanc sur un tableau noir, et une éponge géante l'effaça. Blade sentit son sang se figer, se durcir en une masse rouge solide, conductrice du courant qui l'envahissait. Soudain il ne fut plus qu'un nain, un microbe, soulevé et attaché à une roue de dynamo bourdonnante. Il tourna, tourna, tourna, à 5 000 tours-minute.

Le rat géant aux pattes ensanglantées sortit de la maison de pain d'épices de Dame Tartine et rit au nez de Blade. Le rat s'agenouilla et leva ses pattes écarlates jointes dans un geste de prière. Blade, toujours minuscule, vit que la rat portait une selle. Il voulait être monté. Blade sauta en selle.

Le rat se transforma en un gigantesque étalon noir, piaffant et soufflant le feu par ses naseaux. Blade chevauchait, galopait, galopait. Il se retourna et vit ses poursuivants, des millions de Blade, tous semblables à lui, tous sur des chevaux noirs.

Il leva son épée, une épée si longue qu'elle éraflait le soleil, et rugit dans le vent noir :

— Chargez!

Les vents de l'éternité s'emparèrent du mot et le projetèrent vers la horde galopante et il entendit les millions d'échos : « Chargez, chargez, chargez, chargez... »

Puis il y eut un bruit épouvantable, un sifflement et un craquement, des hurlements. Un mur de feu se ruait vers lui. Les flammes l'encerclèrent et se refermèrent, le compressant dans un espace de plus en plus petit. A mesure que le feu approchait il vit qu'il était formé par des milliers et des milliers de brasiers individuels. Des gens. Des hommes, des femmes, des enfants. Tous transformés en torches flamboyantes qui pointaient vers lui des mains de flammes, en lui hurlant des blasphèmes de leurs langues de feu.

Une puanteur d'enfer. Blade commença à brûler. Il s'observa, ne ressentant aucune douleur, il vit ses pieds noircir et se calciner. Et le mur de flammes avançait toujours, pour le consumer, le consumer...

III

Des flammes. De la fumée âcre et piquante qui le faisait tousser. Blade, stupéfié, une douleur atroce dans la tête, ouvrit les yeux et vit du feu qui dévorait des poutres de bois très haut au-dessus de lui. Il était couché sur de la pierre brûlante, les dalles d'une vaste construction voûtée qui ne pouvait être qu'une espèce de temple. Un temple dédié à présent aux flammes, à la fumée, aux cris d'hommes et de femmes passés au fil de l'épée.

Nu, désarmé, abruti par son voyage dans l'ordinateur, Blade parvint à se soulever sur un coude. Jamais encore il ne s'était senti aussi faible, pratiquement paralysé par la restructuration électronique de ses cellules cervicales. Il se retrouvait dans la Dimension X, mais aussi impuissant qu'un bébé et en grand danger d'être brûlé vif.

Il vit une des poutres fléchir et commencer à se détacher de la coupole. Il roula sur lui-même, se mit à quatre pattes, s'éloigna fébrilement dans les décombres. Il se heurta à un mort, à un autre, puis à un homme et une femme enlacés dans une dernière étreinte. La poutre tomba dans un fracas infernal. Des étincelles, de la fumée, des éclats de bois jaillirent dans toutes les directions. Il se tapit derrière un autre cadavre tandis que ces torches pleuvaient autour de lui. Il sentit ses forces revenir. Il était temps. Il se dit qu'il devait sortir de là, et vite.

Quelque part près de lui une femme hurla. Blade se mit péniblement debout et cligna des yeux dans la fumée. Il aperçut une épée près de la main du cadavre qui l'avait abrité, et il la ramassa machinalement. La femme poussa un nouveau cri perçant, de douleur et de terreur. Tenant l'épée à l'horizontale, Blade avança dans la direction des hurlements. Il percevait maintenant un autre son, venant de l'extérieur, le grondement d'une foule menaçante et des cliquetis de métal, des râles et des rires triomphants, des sanglots de femmes et d'enfants et, par-dessus tout, le rugissement des flammes, le crépitement de l'incendie.

La femme glapit une troisième fois. Cette fois Blade saisit des mots :

— Juna, au secours, Juna, sauve-moi, Juna... Juna... Ahhhhhhiiiiiii!

A travers le rideau de fumée il distingua un grand autel de pierre. Un viol. La femme se débattait et cherchait à échapper à son assaillant. Blade se précipita, l'épée brandie.

Le soldat prolongeait son plaisir. Il avait ôté son casque à plumet et son ceinturon, s'était débarrassé de son pantalon bouffant. Il était trapu et puissant et maintenait aisément la femme sur l'autel en riant des efforts qu'elle faisait pour s'arracher à sa chair rapace. En vain. Il la pénétrait profondément et donnait de grands coups de reins brutaux.

Blade ne réfléchit pas. Il plongea l'épée dans le dos du soldat. L'homme hurla, se redressa et tomba de l'autel. Blade posa un pied sur le cadavre et dégagea son épée. Il se tourna vers la femme.

Trop tard. De ses vêtements déchirés elle avait tiré une dague et, avant que Blade puisse la retenir, elle se la plongea dans le cœur. Du sang jaillit de sa bouche et elle marmonna dans un râle :

— Déshonorée... déshonorée. Juna s'est détournée de moi. Je meurs. Il n'y a que la mort à Thyrne.

Blade la soutint, en maudissant le sort. Elle aurait pu lui être d'un grand secours, lui apprendre tout ce qu'il avait besoin de savoir pour survivre. Une autre poutre s'écroula tout près, et il serra les dents. Il ne pouvait rester là. Toujours, à chacun de ses six voyages dans la Dimension X, il avait pu bénéficier d'une période de répit, s'adapter. Cette fois il était tombé en plein dans une effroyable bataille. Il ne pouvait compter que sur son corps splendide, et son esprit... et sa chance.

Rapidement, il déshabilla le soldat mort. Il se coiffa du casque à plumet, qui recouvrait en partie le nez et les joues. La chemise était en peau, portée sous une espèce de petite cotte de mailles, et le pantalon large et bouffant aux chevilles en étoffe de laine grossière. Les grosses sandales s'attachaient par des courroies autour de la jambe.

Blade examina le plumet rouge, taillé en pointe. Aucune marque, aucun insigne. Ce devait donc être un simple soldat, et la couleur rouge servait d'identification. Peu importait. Il était maintenant habillé et armé. Il ne lui restait plus qu'à échapper à cet enfer.

Il sentit un léger courant d'air sur sa gauche et s'y précipita. Les dalles lui brûlaient les pieds à travers les sandales. Il se jeta dans le dernier mur de flammes et de fumée et déboucha dans un étroit passage menant à une porte entrouverte. Blade entendit de nouveau les sons épouvantables, un fracas d'armes entrechoquées, des cris, des plaintes de chevaux agonisants.

Thyrne? Oui, elle avait dit Thyrne. Blade, seul, sans amis, ignorait tout de Thyrne, sinon que ce devait être une cité, un village ou un pays. Quoi que ce soit, Thyrne mourait. Il assistait à ses derniers soubresauts d'agonie.

Derrière lui, la voûte du temple s'écroula dans un bruit de tonnerre. Des flammes bondirent dans le corridor. Blade tenta d'insinuer ses puissantes épaules dans l'entrebâillement de la porte mais elle était coincée. La fumée l'aveuglait, l'étouffait. Retenant sa respiration, il pesa de tout son poids, de toutes ses forces et parvint à se glisser dehors à l'instant où le plafond du passage s'écroulait dans le feu grondant.

Il se trouvait dans une ruelle pavée. Tout ce qu'il vit en levant les yeux, ce fut une étroite bande de ciel noir, teinté de rouge par un millier d'incendies. Mais un vent nocturne soufflait et il aspira profondément, goulûment, sans se soucier de l'odeur de mort qu'il charriait.

Le temple qu'il venait de quitter acheva de s'écrouler en un monceau de pierres calcinées et de poutres rougeoyantes. Le vent souleva des étincelles, des ballons de flamme, et les transporta vers un autre édifice qui s'embrasa aussitôt.

La porte par laquelle Blade s'était échappé avait été coincée par un cadavre. Il le traîna par les pieds dans la ruelle, vers une petite place moins obscure et l'examina. L'homme avait reçu un coup d'épée ou de hache qui lui avait fendu en deux le casque et la tête. Ce casque était semblable au sien, mais avait un plumet bleu. Bleu. Rouge. Les couleurs de deux armées ennemies, ou simplement de régiments différents? Impossible de le savoir, et Blade n'avait pas le temps de s'en inquiéter. Il portait un casque à plumet rouge. Il se dit qu'il saurait bien assez tôt ce que cela signifiait.

Arrachant un bouclier au cadavre il le passa à son bras gauche. Il était petit, rond, et orné du curieux dessin d'un serpent se mordant la queue, avec deux mots gravés dessous : *Ais Ister*.

Blade secoua la tête; c'était du grec pour lui. Prudemment, il repartit par la ruelle qui serpentait entre de hautes maisons étroites, en pierre, avec des toits en surplomb. Certains de ces toits de bois commençaient à se consumer mais personne n'apparaissait pour combattre les incendies. Les maisons étaient sombres, abandonnées, leurs occupants morts ou en fuite.

Blade déboucha sur une autre petite place, avec une fontaine au milieu. Il y courut. Sa langue était aussi desséchée que du vieux cuir. Pendant un instant, il contempla la fontaine pleine d'eau fraîche coulant d'une urne que penchait une statue, celle d'une jeune femme si ravissante et si admirablement sculptée qu'il crut presque qu'elle allait descendre de son socle pour lui offrir à boire.

Il salua de l'épée sa beauté figée et plongea dans le bassin ses bras et sa figure. L'eau était glacée et avait un léger goût saumâtre qu'il ne trouva pas déplaisant. Quand il se redressa, ruisselant, il remarqua le nom gravé sur le socle : Juna.

Juna? C'était ce nom qu'avait crié la femme violée avant de se poignarder. Blade, tout en buvant encore et en se lavant du sang et de la suie qui le maculaient, considéra la femme de pierre. Juna! Une déesse, sûrement. Peut-être la patronne de cette ville, de Thyrne. Dans ce cas, songea Blade en souriant ironiquement, sa protection laissait à désirer!

Soudain, il entendit un nouveau son. Sous lui. Sous les pavés ronds. Un cliquetis d'armes et un bruit de pas cadencés. Il crut d'abord à une hallucination, et puis il aperçut une grande dalle de pierre non loin de la fontaine, comme une bouche d'égoût. Amis ou ennemis? songea-t-il, mais aussitôt il se moqua de lui-même et chercha un abri. A ce moment, ils étaient *tous* des ennemis.

Derrière la fontaine, il découvrit un sombre passage entre deux maisons. Il y pénétra et s'accroupit dans l'ombre, pour observer la dalle. Il la vit se soulever, et des soldats apparurent, montant d'un souterrain. Leurs plumets étaient rouges. Les dents de Blade brillèrent dans le noir; en principe, c'était donc des amis!

.Le premier à sortir du trou devait être un officier; son plumet n'était pas taillé en pointe mais se dressait fièrement en un superbe panache que le vent agitait. Il tenait une épée et portait un bouclier orné de la silhouette de la déesse Juna. Ce devait être des soldats de Thyrne. Ils semblaient avoir perdu la bataille, mais ne renonçaient pas à se défendre encore.

Quand tous les hommes furent sortis, l'officier s'efforça de les faire mettre en rangs, en les bousculant et les frappant parfois du plat de l'épée. Ils étaient tous las, sales, ensanglantés, beaucoup avaient des pansements de fortune. Certains étaient armés d'épées, d'autres de lances, ou d'arcs et de flèches. Tous grognaient et marmonnaient.. A voir leur état, Blade les comprenait. Ils avaient dû se battre vaillamment, et maintenant ils allaient être sacrifiés dans une ultime action d'arrière-garde désespérée.

L'officier leva son épée pour imposer le silence dans les rangs et se mit à parler :

— Soldats de Thyrne, je vous salue. Vous vous êtes bien battus, contre la surprise, la trahison et contre des forces supérieures en nombre. Vous avez mérité de vous reposer.

— C'est sûr, capitaine Mijax, répliqua un soldat au premier rang. Alors accordez-nous ce repos. Et plus que ça, la vie sauve ! Quittons cette ville morte et gagnons la côte par les marais. Nous aurons peut-être une chance d'arriver jusqu'à Patmos. Alors nous pourrons de nouveau combattre les Samostains. Mais ne restons pas ici. Thyrne est perdue.

L'homme avait parlé hardiment. Pendant un moment un silence de mort pesa sur la place et l'on n'entendit plus que les soupirs du vent et le crépitement des incendies. Blade sentit son estomac se crisper. Il pressentait qu'il allait assister à quelque chose d'horrible. L'officier pointa son épée vers le soldat audacieux.

— Lanciers! Amenez-moi cet homme!

Il y eut une certaine hésitation dans les rangs. Le capitaine Mijax rugit :

— Immédiatement, bande d'imbéciles! Amenez-le-moi si vous ne voulez pas partager son sort.

Deux solides lanciers s'emparèrent du soldat. Il se débattit et continua d'invectiver l'officier.

— C'est vous l'imbécile, capitaine Mijax! Imbécile et dupe. Thyrne est perdue, et vous le savez bien. Juna nous a abandonnés et vous le savez aussi. En ce moment même elle est avec ses prêtres et s'apprête à fuir vers la côte. Pourquoi rester et mourir ici? Notre mort ne servira à rien. C'est...

— Tais-toi! Tu es coupable de trahison!

Pire... Tu es un espion de Samosta, un agitateur à la solde d'Hectoris! C'est toi, ou des hommes comme toi qui ont ouvert les grilles des égoûts et permis aux Samostains de s'introduire dans la ville pendant notre sommeil. A mort les traîtres!

Sur ce, il entailla la joue de l'homme d'un violent coup d'épée. Le soldat, ruisselant de sang, lui tint tête.

— Mensonge! Mensonge! Demandez à mes camarades! Je ne les ai pas quittés, je me suis battu aussi courageusement qu'eux tous. Non seulement vous êtes un imbécile, capitaine, mais vous êtes fou!

Blade frémit. Il avait été lieutenant-colonel dans l'armée britannique et connaissait la « justice » militaire. Cet homme avait bravé la mort en parlant ainsi.

Blade ne se trompait pas. Le soldat fut bâillonné et jeté à genoux. Le capitaine Mijax leva son épée et lui trancha la tête d'un seul coup. Du pied, il envoya rouler la tête et brandit son épée ensanglantée.

— Que ce soit un avertissement. Je parle au nom de Juna. Tous les traîtres subiront le même sort. Ce lâche en a menti. Thyrne n'est pas morte. Thyrne est blessée, mais elle se relèvera!

Il y eut quelques murmures dans les rangs, mais aucun des soldats n'osa élever la voix. Blade se rapprocha un peu. Il avait décidé de se joindre à eux. Son uniforme était le même, il portait le plumet rouge, et il estimait que ses chances seraient plus grandes en se mêlant à des soldats plutôt qu'en errant tout seul. Pour le moment. Il n'avait aucune envie de mourir pour Thyrne.

Un cavalier solitaire, au cheval couvert d'écume et de sang, déboucha d'une ruelle et trotta vers la compagnie de soldats. Le capitaine Mijax ordonna le garde-à-vous, salua de l'épée et s'inclina devant le nouveau venu. Blade observa la scène avec un renouveau d'intérêt.

— Salut, Gongor! cria le capitaine. Comment se déroule la bataille, Excellence?

— Le sort est contre nous. Dans tous les secteurs. Hectoris est installé au palais et distribue nos filles à ses soudards. Notre trésor a été volé, et en ce moment même les barbares se le partagent. Combien d'hommes as-tu là, capitaine?

L'homme qui parlait était âgé; il avait perdu son casque et ses cheveux blancs clairsemés s'ébouriffaient au vent. Sa figure, maculée de sang, de suie et de cendres, était maigre, son nez en lame de couteau; ses yeux las et cernés fulguraient de rage. Il portait un corselet de métal, avec une courte jupe et des jambières de cuir.

— Environ trois cents, répondit le capitaine. Comme vous le voyez, monseigneur, ils se sont durement battus et sont épuisés.

— Quel était son crime? demanda le personnage en indiquant le soldat décapité.

Le capitaine le lui expliqua. Quand il se tut Gongor — un général ou un ministre, pensa Blade — secoua la tête et soupira.

— Tu as sans doute eu tort, capitaine. Je doute qu'il était un traître ou un agitateur. Thyrne a été trahie, mais la trahison s'est faite en haut lieu, pas dans les rangs plébéiens. Et il avait raison. Nous devons abandonner la ville. Il ne reste plus guère que nous. Le gros de nos troupes a été tué ou fait prisonnier. Nous ne tenons plus que ce quartier, parce qu'il est le plus pauvre et indigne d'être pillé. Alors voici mes ordres, capitaine. Nous livrerons un combat d'arrière-garde s'il le faut et nous tenterons une sortie par la porte nord. Je dis tenterons, car nos chances sont précaires. La cavalerie samostaine, sous les ordres d'Hectoris lui-même, demeure en dehors de la ville pour parer justement à une telle évasion. Heureusement, Hectoris n'a pas encore donné l'ordre de traquer les survivants. Alors nous devons nous dépêcher. Forme tes hommes en colonnes et dirige-toi rapidement vers la porte nord. Si notre chance nous le permet, nous gagnerons Patmos pour continuer la lutte.

Le capitaine Mijax osa protester :

— Et Juna et les prêtres, monseigneur? Allons-nous les laisser à la merci d'Hectoris? C'est impossible! Je peux fortifier cette place, élever des barricades avec des pavés, des cadavres s'il le faut. Nous retiendrons les Samostains, au moins jusqu'à ce que Juna et les prêtres puissent fuir. Je vous en conjure, Excellence, laissez-moi...

— Tu es fou, capitaine. Courageux, mais fou. C'est Juna et les prêtres qui nous ont trahis, crois-moi. Ils ne se soucient guère de toi ni de tes hommes. Si quelqu'un parvient à fuir cet enfer, ce sera bien Juna et ses prêtres. Tais-toi, maintenant, et obéis! Suivez-moi tous. Nous devons nous porter immédiatement vers la porte nord. C'est un ordre! Obéis, répéta l'homme aux cheveux blancs en dégainant sa courte épée, sinon tu subiras le sort de ce soldat!

Le capitaine Mijax voulut répliquer mais il se ravisa, fit demi-tour, et se mit à aboyer des ordres. Les hommes, leur espoir ranimé, se mirent promptement en colonne par quatre. Blade, tapi dans l'ombre, attendit que le dernier rang s'ébranle.puis il se hâta de le suivre, tout en resserrant son ceinturon comme s'il s'était attardé pour se soulager. Précaution inutile, car personne ne fit attention à lui. La plupart des hommes étaient blessés, et ils marchaient en traînant les pieds, l'air morose, tête basse. Blade, craignant de se faire remarquer, feignit de boiter.

Très loin, en tête de la colonne, quelqu'un entonna une chanson, une espèce de cantique. Blade distingua quelques-unes des paroles :

Juna, déesse de tous les hommes, aux cuisses et aux seins divins... Juna qui meurt et qui renaît... Juna notre mère, notre sœur, notre amour... Juna qui fait l'amour au ciel et en enfer...

Les soldats voisins de Blade ne chantaient pas. Ils se traînaient en grommelant.

— Il a raison, le vieux Gongor, dit l'un d'eux. Le capitaine est un crétin. Et il a eu tort de tuer ce pauvre Copelus. On était copains, tous les deux. C'était pas un traître. Il se battait bien. Aussi courageusement que nous tous, que le capitaine.

— Ouais, c'était moche. Mais le capitaine est courageux, même s'il a un sale caractère.

— Sûr qu'il est courageux! Assez pour nous faire tous tuer, tiens!

Un autre rit grassement.

— Le capitaine rêve de sentir les cuisses de Juna autour de sa taille, il cherche la récompense que notre déesse accorde aux héros.

Nouveaux rires.

— Alors il est doublement stupide. J'ai jamais vu un mort faire l'amour!

Blade suivait, en ouvrant les yeux et les oreilles. La déesse Juna, devina-t-il, était à la fois une personne réelle et une image. Une statue de pierre et une femme de chair. Cette dualité n'était pas rare dans les religions qu'il avait étudiées dans la Dimension normale; le Dalai Lama, par exemple, passait pour la réincarnation vivante de Bouddha.

Cette Juna, s'il pouvait en croire la statue de la fontaine, devait être une fille admirable. Probablement choisie et instruite par les prêtres. Ah les prêtres, toujours les prêtres! C'était eux qui régnaient, par l'entremise de Juna.

Juna devait récompenser certains héros en couchant avec eux. Blade ne put s'empêcher de sourire et de reconnaître que c'était mieux qu'une décoration. Mais pour le moment, cela importait peu. Thyrne était tombée, et fort probablement Juna et ses prêtres avaient pris la fuite.

Un coup douloureux sur ses jambes nues arracha Blade à ses réflexions. Un sergent mastoc, envoyé pour resserrer les rangs des traînards, le frappa encore du plat de son épée et beugla :

— Allez, avancez! Au pas, au pas! Serrez les rangs!

Encore une fois, l'épée s'abattit sur les cuisses de Blade.

— Eh toi! Avance, je te dis! Qu'est-ce que tu as? Je ne vois pas de blessure. Qu'est-ce que tu as à traîner comme ça, bordille?

Blade vit rouge. Sans réfléchir, il leva brusquement son bras, et son poing s'écrasa sur la figure du sergent, entre les deux yeux. L'homme loucha, sous le choc, puis il s'affala sur les pavés ronds. Le petit peloton de traînards s'arrêta. Tous les yeux se tournaient vers Blade. Au-delà, la compagnie avançait, ignorant la mutinerie. Quelques hommes s'écartèrent de Blade comme s'il avait la peste. L'un d'eux marmonna :

— Il est mort, pas de doute. C'était un coup à abattre un bœuf.

Blade contempla le sergent. Il avait l'air bien mort, en effet. Soudain, un soldat trapu avec un bandeau sur un œil et son bras en écharpe, la figure couverte d'une barbe noire hirsute, se détacha du groupe. Il adressa à Blade un sourire édenté.

— Ça m'a fait du bien, ça, moi je le dis. Il

m'a fouetté une fois, ce salaud. Prends sa tête, l'ami, je lui prends les pieds.

Ils étaient devant une maison aux fenêtres béantes.

— Balance-le, dit l'homme à Blade. On va le laisser cuver ça ici, pas? Des fois qu'il pleuvrait, on voudrait pas que le sergent se mouille, hein ?

Ils comptèrent jusqu'à trois et balancèrent le corps par la fenêtre. Ils l'entendirent tomber avec fracas. L'homme au bandeau sur l'œil se tourna vers les autres.

— Allez, avançons. Personne n'a rien vu, vous entendez? Celui qui cause, il aura affaire à Nob!

Ils repartirent, en pressant un peu le pas. Le borgne resta près de Blade, en l'observant sournoisement de son unique œil gris. Blade avait besoin d'un allié, d'un ami, mais cet individu patibulaire n'était guère ce qu'il aurait choisi. Blade avait envisagé d'aller tout droit au sommet, comme il le faisait toujours dans la Dimension X, et il avait cherché des moyens de rencontrer Juna et ses prêtres, ou bien le conquérant de Thyrne, cet Hectoris dont on parlait. Mais cela devrait attendre. Il avait entendu parler de marais salants, de la côte, et d'un endroit appelé Patmos. Pour le moment, c'était plus que suffisant, et il savait qu'il aurait de la chance s'il parvenait à gagner ce havre. Avant de faire des projets, il lui fallait survivre, et ce solide lascar qui disait s'appeler Nob pourrait lui être utile.

Pendant quelques minutes ils marchèrent en

silence. Et puis Blade perçut la question chuchotée; Nob lui parlait sans tourner la tête, presque sans remuer les lèvres :

— Qui vous êtes, monseigneur? Qu'est-ce que vous faites à Thyrne dans cet uniforme bien trop petit pour vous? Je vous ai sauvé la mise là tout de suite, mais maintenant je ne sais plus. Je vous avertis, si vous êtes Samostain, je vous fais votre affaire pareille comme vous avez fait au sergent. Alors répondez au vieux Nob. Qui vous êtes?

A se façon de parler, on devinait qu'il avait connu la prison. Blade n'en fut pas mécontent. Cet homme pourrait devenir un loyal subordonné, s'il parvenait à le gagner à sa cause. En prenant garde de trop avoir confiance en lui.

— Je répondrai à tes questions à mon heure, répondit-il. Réponds d'abord à la mienne. Pourquoi m'appelles-tu monseigneur?

— Parce que vous serez jamais un simple soldat. J'ai qu'un œil mais il est bon, et j'ai vu ça tout de suite. Ça se voit que vous êtes pas du commun, monseigneur. A vos manières, et à votre façon de faire quand le sergent vous a frappé. Là, vous vous êtes trahi. Un simple soldat, il aurait encaissé les coups et grogné un peu, et peut-être il aurait guetté le sergent avec un couteau dans une ruelle sombre. Mais vous obéissez à votre nature, monseigneur, et cette nature vous a fait riposter aussi sec.

L'homme était observateur, songea Blade. Et certainement avisé. Rusé, même. Il se dit qu'il devrait être prudent. Et qu'avant tout il convenait de le remettre habilement à sa place. Alors il sourit à Nob et lui confia :

— Tu as raison. Je suis étranger. Je ne suis pas un Thyrnien, et certainement pas Samostain. Je suis arrivé par hasard pendant la bataille et, comme je n'ai pas le choix, je suis ce semblant d'armée en attendant d'avoir les idées plus claires. Pour cela, Nob, tu pourras m'aider. Dans ce cas, et si tout se passe bien, tu n'y perdras pas. C'est tout ce que je peux te promettre maintenant, car tu connais notre péril aussi bien que moi.

Ils avancèrent un moment en silence, dans un dédale de rues bordées de taudis abandonnés. Il y avait moins de fumée et l'on pouvait sentir la puanteur des excréments et des ordures. Blade fronça le nez et eut aussitôt une autre preuve de la vivacité de Nob en l'entendant rire et grasseyer :

— Un autre signe que vous êtes de la haute, monseigneur. Votre nez est trop bon pour l'odeur d'ici. Notez que je vous comprends. Pouah! J'ai jamais pu la supporter. Et pourtant c'est par ici que je suis né.

Le petit peloton de traînards blessés déboucha enfin sur une grande place, avec au milieu un grand rectangle d'échoppes et d'éventaires qui devait abriter en temps normal une espèce de marché. Gongor et le capitaine alignaient leurs hommes sur un des côtés de ce marché. Au-delà, Blade vit un grand mur de pierre avec un haut portail de bois au centre. La porte était fermée, mais pas barrée. Blade se sentit soudain mal à l'aise. Son regard aigu chercha les barres qui auraient dû être engagées dans les coulants de fer, mais ne les vit nulle part. Soudain, il crut voir bouger l'énorme battant.

Blade n'aimait pas ça. Il ne pouvait se fier qu'à son instinct, qui lui répétait que ces portes auraient dû être barrées.

Un autre sergent au long nez pointu et aux yeux trop rapprochés, revint en arrière pour trier les soldats valides et les intégrer dans les premières lignes. Gongor savait que la cavalerie samostaine risquait d'être massée derrière les remparts, et que leur sortie pourrait les faire tomber dans un piège. Les marais, et la liberté, étaient encore hors de portée. Blade, longtemps habitué au commandement, comprenait le dilemme de Gongor.

Il laissa son regard errer autour de la place. Il compta six rues, ou plutôt des ruelles qui s'éloignaient en serpentant dans le noir. Impossible de savoir ce que recelaient ces venelles tortueuses. Il regarda de nouveau la grande porte et, encore une fois, il aurait pu jurer qu'elle venait de bouger, comme si elle subissait une poussée massive. Tout son esprit lui hurlait que c'était un piège.

Le sergent, ayant compté ses combattants, vint se planter devant Blade et Nob, les poings sur les hanches, l'air mauvais. Il toisa Blade, puis son regard s'arrêta sur Nob. Il désigna le bras en écharpe.

— D'où te vient cette noble blessure, Nob? Un coup d'épée? De lance? Une flèche, peut-être? Ça fait mal? Elle est peut-être purulente, hein? Faut soigner ça, mon gars.

Nob, jetant un bref coup d'œil à Blade, grommela :

— C'est pas grave, sergent. Une égratignure de flèche. Mais c'était douloureux, alors je me suis pansé. Je...

D'un geste rapide, le sergent empoigna l'écharpe et tira. Nob n'eut pas le temps de reculer. Dans un grand tintement métallique, des pièces d'or et des bijoux dégringolèrent du linge déchiré et roulèrent sur les pavés.

— Pillard! cria le sergent. Je m'en doutais. Armus m'avait averti de t'avoir à l'œil! Au fait, où il est, Armus? Je sais qu'il est revenu en arrière pour vous fouetter un peu, mais ça fait une demi-heure que je l'ai pas vu. Où il est, Nob? Et ne me mens pas. Tu risques déjà la corde pour ton pillage, alors j'ai qu'un mot à dire au capitaine pour que tu te balances à une lanterne!

Nob cligna de son œil unique. Il se baissa et commença à ramasser ses trésors. Apparemment, il n'avait reçu aucune blessure.

— Si vous cherchez Armus, dit-il, faudra revenir encore en arrière, sergent. Je me souviens pas du numéro de la maison, au juste. Dis donc, l'ami, tu te rappelles pas où c'était?

Blade réprima un sourire et secoua la tête.

— Non, et maintenant que j'y pense, je crois bien qu'elle en avait pas.

Le sergent porta une main à la garde de son épée.

— Qu'est-ce que c'est que ces histoires, Nob? J'ai pas le temps de jouer à des jeux idiots. Où est Armus?

Blade ne vit pas d'où sortait la petite dague. Il n'aperçut qu'un éclair avant qu'elle s'enfonce dans le cœur du sergent. Malgré sa lourde masse, Nob était rapide. Il arracha la dague de la plaie, la dissimula et soutint le sergent d'un seul mouvement fluide. Il fronça les sourcils et dit sur un ton compatissant :

— Le pauvre vieux. Voilà qu'il tombe du haut mal. C'est tout ce remue-ménage, parole. Très mauvais pour le cœur, ça, pas vrai?

Blade ne savait s'il devait rire ou se fâcher. C'était un assassinat, mais il était mal placé pour s'ériger en juge. Il était dans la Dimension X. Et n'avait-il pas lui-même, quelques minutes plus tôt, tué un homme d'un seul coup de poing?

— Oui, Nob, il a certainement le cœur qui ne va pas.

Alors que Nob allongeait le mort sur les pavés, le piège se referma.

Derrière les remparts retentirent des trompettes. Blade n'avait jamais entendu cette sonnerie aiguë, mais il savait ce qu'elle indiquait. La charge!

Les portes s'ouvrirent à la volée, arrachées à leurs gonds puissants par les chevaux affolés de la cavalerie samostaine. Bannières au vent, trompettes sonnantes, la horde montée se rua en désordre par l'ouverture. Gongor et Mijax avaient formé les hommes en carrés. Blade comprit immédiatement que si les Thyrniens faisaient front et résistaient, ils n'auraient aucune chance. Une fois la cavalerie réorganisée, les fantassins seraient écrasés, fauchés comme les blés par la faucille.

Nob garda son calme. Il ramassa la dernière breloque et, renonçant à l'écharpe, il fourra son butin dans ses poches. Il prit Blade par le bras.

— C'est pas un endroit pour nous, mon maître. Gongor et le capitaine vont se battre parce qu'ils le doivent, et parce qu'ils sont stupides, mais aucune loi ne dit que nous devons être aussi imbéciles qu'eux. Venez avec le vieux Nob, et je pourrai peut-être sauver notre peau. Je connais ce secteur, et je connais autre chose encore mieux. Tous les égouts! C'est par là qu'on va filer, mon maître. Par les égouts!

Blade ne demandait pas mieux. Les cavaliers continuaient de se presser sur la place et se formaient en demi-cercle, dont les ailes étaient destinées à déborder par les flancs les pitoyables défenseurs de Thyrne. Gongor avait finalement réussi à placer ses hommes en petits carrés, formant à leur tour un grand quadrilatère. Blade savait que c'était une erreur. Un seul carré compact aurait mieux valu, là ils étaient fragmentés, et la cavalerie pouvait s'y infiltrer.

Il y eut pire. Une soudaine grêle de flèches se déversa du haut des murailles. Des soldats thyrniens tombèrent en hurlant. Blade vit le capitaine Mijax lâcher son épée pour arracher à deux mains une flèche plantée dans son œil. Une autre averse de flèches siffla, et le capitaine s'écroula. Gongor prit aussitôt sa place. Ses cheveux de neige flottaient comme une bannière au clair de lune et il brandit son épée en glapissant dans le vacarme :

— A moi, soldats de Thyrne! A moi, à Gongor! Pour Juna et notre ville sacrée! A moi! Je vous invite à mourir avec moi!

Blade et Nob s'abritaient à présent dans une des petites échoppes; tapis sous le comptoir, ils contemplaient le massacre. Les pitoyables petits carrés s'effritaient, la moitié des Thyrniens étaient déjà morts ou mourants, et la cavalerie samostaine attendait toujours. Les trompettes sonnaient sans répit, les cavaliers criaient et brandissaient leurs sabres étincelants mais ils retenaient leurs chevaux. Blade savait que lorsqu'ils chargeraient, tout serait fini.

Nob avançait à quatre pattes sous les éventaires.

— Cherchez une bouche d'égout, mon maître. Y en a une par là, je le sais. Allez, dépêchez-vous, sans ça, par les nichons de Juna, on est cuit. Ils vont nous écraser comme des corniauds.

La sonnerie des trompettes changea de cadence, et des fantassins samostains apparurent au pas cadencé, émergeant de toutes les ruelles donnant sur la place. Armés d'épées, d'arbalètes, de frondes, de lances, portant tous le serpent et la légende *Ais Ister* sur leurs armures et leurs tuniques, ils avancèrent sur six colonnes en poussant des hurlements de dérision.

Nob commençait à s'énerver.

— Putain de mes roustons, gronda-t-il, je

sais qu'il y a une entrée d'égout par ici. Je me souviens bien. J'ai assez vu jeter de cadavres dedans! Aaaah!

Les gros doigts de Nob s'insinuèrent dans une fissure entre les pavés. Sans cesser de jurer, il poussa et tira. Une dalle commença à bouger. C'était une grande plaque de pierre sur laquelle des pavés avaient été adroitement disposés au mortier pour la camoufler.

— C'est bien ça, haleta Nob, ruisselant de sueur. Aussi lourde que la conscience de Juna, parole. Dites voir, mon maître, venez donc donner un coup de main. Si on se remue pas le cul, on va se faire prendre, c'est sûr. Tenez, mon maître, attrapez ce coin-là et on soulèvera ensemble. Ho... Hisse!

Blade fit appel à toute la force de ses muscles puissants, et le couvercle de la bouche d'égout se rabattit soudain, si violemment que Nob fut renversé. Son pantalon se déchira, ses poches aussi, et les bijoux et les pièces s'en allèrent rouler dans l'échoppe. Il se releva précipitamment et avança à croupetons pour tout ramasser, tout en jurant par les nichons de Juna qu'il ne méritait pas ça.

La cavalerie entra enfin en action, dans un éblouissement de sabres dégainés. Sur le flanc droit de Gongor — Blade et Nob se trouvaient à gauche — les chevaux piétinaient déjà les carrés; la boucherie commençait. Blade aperçut une dernière fois Gongor. Le vénérable soldat, juché sur un monceau de cadavres, frappait d'estoc et de taille les quatre lanciers à cheval qui l'entouraient. Un des chevaux, un énorme étalon noir, se cabra en hennissant et ses sabots atteignirent le combattant solitaire. Pendant une seconde, Gongor parut être coiffé d'un casque cramoisi, puis il disparut, et la vague de cavalerie déferla sur lui.

Les arbalétriers tiraient une grêle de traits sur la place, tuant souvent leurs propres cavaliers. Blade rit. Le chaos fut à son comble. Immédiatement des officiers sautèrent à terre et se ruèrent parmi les fantassins, frappant à la masse d'arme et à l'épée.

Nob poussa violemment Blade vers la bouche d'égout. Jamais il n'avait senti une odeur aussi effroyable, aussi répugnante que la puanteur montant de ce trou noir. Tout en jurant par diverses parties de l'anatomie de Juna, Nob le poussa de nouveau.

— Descendez, mon maître! Allez, vite! Ils nous ont vus et ils vont nous faire notre affaire, c'est sûr! Sautez, par Juna, sautez!

Ils avaient été aperçus, en effet. Plusieurs cavaliers tournaient bride et galopaient vers les échoppes. Blade, hésitant au bord de la fosse méphitique, vit luire des dents sauvages, palpiter des narines, scintiller des boucliers ornés du serpent se mordant la queue et de la devise *Ais Ister.*

Il entendit Nob blasphémer. L'homme lui donna une bourrade brutale. Blade chancela et tomba, et dans sa chute il aperçut une pluie de pièces d'or, et Nob qui tentait de les ramasser alors que le premier des cavaliers sautait la barrière et retombait dans une gerbe d'étincelles aussi brillantes que les pièces pour lesquelles Nob mourait.

Il n'eut que le temps, et la présence d'esprit, de fermer la bouche et les yeux et de se pincer le nez, avant de tomber dans un lent courant d'ordures pestilentielles.

IV

Blade ne pouvait toucher le fond. Gardant la tête au-dessus du liquide fétide, il nageait lentement, en s'efforçant de ne respirer qu'à peine. L'obscurité était totale. Des choses gluantes le frôlaient, se collaient à lui, et de temps en temps il se heurtait à un cadavre. Un haut-le-cœur le secoua, et il n'eut pas honte de vomir. Cet égout, ce cloaque d'une ville agonisante, était plus proche de l'enfer que tout ce qu'il pouvait imaginer. Il écarta de sa figure le cadavre enflé d'un énorme rat et une fois encore sonda le fond. Ses pieds trouvèrent de la pierre.

Maintenant il pouvait marcher en gardant la tête au-dessus des immondices. Le courant, si paresseux au début, devenait plus rapide et le poussait. Bientôt ses épaules émergèrent, et il avança plus vite, brandissant devant lui son épée.

Il n'avait pas perdu la notion du temps. Il jugea qu'une heure environ s'était écoulée quand il atteignit la jonction de deux grands égouts plus larges que celui dans lequel il avait souffert, où se précipitait une eau sentant l'iode et le sel. Ce courant rapide, profond et relativement propre, emporta Blade ainsi que l'ordure dans laquelle il pataugeait. Il devait nager à présent. Au bout de quelques instants, il aperçut une torche grésillant dans une niche. Il s'y dirigea.

Sous la torche, il y avait une corniche et un étroit passage s'enfonçant dans un souterrain obscur. Blade, quelque peu lavé par l'eau vive, se hissa hors du courant et, l'épée nue au poing, il s'engagea dans le tunnel. Tout valait mieux que cet égout, tout.

Le souterrain était étroit, et si bas que Blade devait rester voûté; il serpentait et se tordait comme les entrailles de quelque géant. A chaque coude, à chaque tournant aigu une torche brûlait, et Blade en fut reconnaissant. Il continua d'avancer dans ce dédale, où le seul bruit était le frottement de ses sandales et, parfois, le tintement de son épée contre la paroi.

Au-delà d'un nouveau coude, il aperçut une étroite lucarne, une simple meurtrière en haut et à droite. Un faible jour tombait en biais entre les barreaux. Blade calcula la distance, prit son élan et bondit. Il saisit un des barreaux d'une main et se hissa à la force du poignet jusqu'à ce qu'il puisse poser ses deux coudes sur le rebord. Au début, il n'en crut pas ses yeux. Un orteil? Un gros orteil appartenant à un pied colossal?

Oui, c'en était un. Ainsi, il était à l'intérieur d'une statue, une statue gigantesque. La lucarne se trouvait dans la cheville, et donnait sur le pied. En or massif! Blade sifflota tout bas et fit un rapide calcul. Vu la longueur de ce pied, qu'il estimait d'au moins neuf mètres, la statue ne devait pas mesurer moins de soixante mètres! En or massif. Un butin qui paierait au centuple le coût de l'invasion, tout au moins selon les normes de la DN. Il chassa cette pensée. Il était bien trop tôt pour songer à sa mission; il importait d'abord de survivre.

Blade se tordit le cou, et son soupçon fut confirmé. Il ne vit rien qu'un énorme sein d'or très haut au-dessus de lui, au mamelon d'argent. Juna, encore une fois. Pour le moment, la déesse de Thyrne l'abritait.

Trop tard, il entendit les pas. Deux ou trois hommes, à en juger par le claquement des sandales sur la pierre. Ils venaient de la direction par laquelle Blade était arrivé, et ils tourneraient le coin du souterrain avant qu'il ait le temps de tomber et de s'enfuir. Il ne pouvait que se cramponner à son perchoir à plus de trois mètres de haut, en espérant qu'ils ne lèveraient pas les yeux. Il glissa son bras gauche par l'étroite meurtrière, accrocha son coude au barreau et attendit, l'épée dans son autre main. Au moins, il aurait l'avantage de la surprise.

Ils n'étaient que deux, et il se dit qu'il avait eu tort de s'inquiéter. Deux prêtres, des silhouettes sinistres en longue robe noire, portant des masques d'or martelé. Ils marchaient lentement, en traînant les pieds, et les masques devaient être lourds car ils courbaient la tête.

Quand ils s'approchèrent, Blade vit que c'était en réalité des casques qui leur emboîtaient toute la tête, avec de minces fentes pour les yeux et un trou à la place de la bouche. Il se détendit. Ainsi accoutrés, ils ne devaient pas avoir un grand champ de vision.

Le plus grand des deux parlait :

— Je comprends, Ptol, pourquoi la Juna vivante doit être donnée aux Samostains, à Hectoris lui-même, en tribut et offrande propitiatoire. Mais pourquoi devons-nous torturer et défigurer cette fille? C'est ça que je ne comprends pas. Je ne suis pas contre la cruauté, tu le sais, mais dans ce cas je n'en vois pas la nécessité. Je...

L'autre prêtre, un petit homme bedonnant qui devait aimer la bonne chère, s'arrêta net, posa une main sur le bras de son compagnon et se mit à le haranguer d'une voix mielleuse et zozotante. Blade maudit ce Ptol et la douleur de plus en plus vive de son bras. Il avait fallu qu'ils choisissent justement cet endroit pour s'arrêter et bavasser! Il se dit que s'ils l'apercevaient, il se ferait une joie de les tuer, surtout ce Ptol qui parlait, parlait, parlait...

— ... nous avons gagné un jour de trêve, de miséricorde, pour tous les prêtres, n'est-ce pas?

Le grand hocha la tête.

— Je sais, Ptol. Tu as toi-même soutiré ce répit à Hectoris en personne. Pour les prêtres seulement. Cela fera mauvais effet sur le peuple, quand toute cette affaire sera finie.

Ptol secoua son masque d'or, d'un mouvement exprimant la consternation, le mépris et une certaine affection pour un protégé peu intelligent.

— Zox, Zox! Ecoute-moi. Nous, les prêtres, nous sommes l'essence de la religion de Thyrne. C'est nous qui gouvernons et qui encaissons les bénéfices. C'est nous qui élisons la fille qui est la Juna vivante, et nous qui l'instruisons, qui la surveillons et qui disposons d'elle quand son heure est venue. Hectoris le *sait!* Ce n'est pas un imbécile, un paysan ignorant. Il a l'intention de se servir de nous, Zox, pour l'aider à régner sur Thyrne. Et nous allons nous laisser faire. Avec joie. Parce que nous n'avons pas le choix. Et il ne nous reste que huit heures, huit heures pour nous ressaisir et mettre nos affaires en ordre et commencer à servir le nouveau seigneur de Thyrne.

Le grand hocha la tête mais ne parut pas convaincu.

Blade les maudit tous les deux; la douleur devenait insupportable.

— Je comprends tout ça, dit Zox. Tu as raison, Ptol. Et je te dis que je ne m'oppose pas à la torture de cette fille. Je veux simplement savoir *pourquoi* elle doit être torturée, et sa figure complètement brûlée.

Ptol poussa un long soupir et porta une main à son masque d'or.

— Ecoute. Je vais essayer de te l'expliquer avec simplicité. Ce n'est pas compliqué. Si nous donnons Juna, la Juna vivante à Hectoris telle qu'elle est maintenant, il sera fasciné par elle. Comme le serait n'importe quel homme. As-tu profité de ses faveurs, Zox?

— Non. Je suis un des rares qui ne se soient pas prévalus de ce... de ce privilège de la prêtrise.

— Pauvre imbécile! Mais peu importe. Tu connais sa beauté et ses talents. Hectoris est un barbare mais il est un homme. Il couchera avec Juna. Plus probablement, il la violera, parce que c'est ce qu'il doit préférer. S'il viole et déshonore Juna, Zox, il nous viole et nous déshonore aussi, nous les prêtres de Thyrne. Commences-tu à comprendre?

— Vaguement. Oui, si tu lui donnes une déesse défigurée, il la chassera ou la fera égorger. Oui, je crois que je saisis...

— Ne te fatigue pas trop, Zox, ce n'est pas tout. Voyons si tu peux comprendre encore ceci...

Je ne peux pas durer une minute de plus, pensa Blade. Autant sauter maintenant. Je tuerai d'abord Ptol en lui plantant mon épée dans le crâne en tombant.

— Juna nous hait, poursuivit Ptol. Elle hait tous les prêtres. Toutes les Junas vivantes ont haï les prêtres à cause de la vie qu'elles doivent mener. Ce n'est pas nouveau, mais si *cette* Juna séduit Hectoris et gagne sa confiance, elle ne perdra pas de temps et complotera contre nous. Mon lard frémit à cette idée. Autre chose. Quand nous serons débarrassés de cette Juna, je flatterai Hectoris en lui accordant l'honneur de choisir la prochaine Juna. Il est rusé, il est méfiant, mais comme tout homme il est sensible à une flatterie habile.

Et s'il choisit lui-même la prochaine Juna et la sacrifie en personne, il ne peut guère désavouer ses prêtres. Du moment que nous prenons soin de ne pas le courroucer.

Zox prit à deux mains son masque d'or et hocha vigoureusement la tête.

— Tu es un génie, Ptol. Un maître. Je l'ai toujours su. Mais ne penses-tu pas que nous devrions nous hâter? Le temps presse.

— Pour une fois, tu as raison, mon ami obstiné. Allons. Ils retiennent Juna, et nous sommes attendus. Ils ne peuvent commencer avant notre arrivée.

Les deux robes noires s'éloignèrent dans le souterrain. Blade, le bras complètement engourdi, attendit qu'ils aient tourné un coin et se laissa tomber avec un soupir de soulagement. Il courut sans bruit derrière les prêtres, son bras gauche pendant à son côté. Un vague plan se dessinait dans sa tête; il n'avait certes pas l'intention de laisser ces créatures torturer une fille sans défense. Il la sauverait s'il le pouvait et, si elle avait des amis puissants, des ressources, tout irait bien. Il avait besoin de s'insinuer dans les cercles du pouvoir, et il ne se voyait guère tenter sa chance avec succès auprès d'Hectoris et de sa horde barbare. Même si cette Juna, la déesse vivante que l'on s'apprêtait à éliminer si cruellement, ne détenait aucun pouvoir réel, elle était tout de même femme, elle avait un cerveau que Blade pourrait sonder. Qui plus qu'une déesse connaissait les rouages internes, les labyrinthes de la politique dans la Dimension X?

Il avança plus prudemment. Il entendait maintenant les deux prêtres qui parlaient, tandis qu'ils descendaient par une rampe dans une vaste salle centrale. Des dizaines de torches flamblaient contre les murs et au plafond, projetant une lueur rougeoyante et fumeuse. Blade s'abrita derrière une rangée de statues de pierre, abandonnées aux ombres et à l'oubli. De précédentes Junas, des déesses qui ne régnaient plus.

Au centre de la salle se dressait un trône. Une fille y était assise, maintenue par des chaînes d'or. La Juna actuelle. La fille la plus belle que Blade avait jamais vue. Elle était entièrement nue, avec des chaînes aux poignets et aux chevilles, et une autre, plus lourde encore, autour de la taille. Il y avait du défi dans son expression, de l'orgueil et une terreur qu'elle ne pouvait entièrement dissimuler. Autour d'elle, en cercle, comme des vautours attendant leur repas, s'alignaient une douzaine de prêtres en robe noire. Chacun portait un masque d'or. Quand Ptol et Zox apparurent, un murmure courut parmi eux.

Tapi dans l'ombre, Blade calcula ses chances. Aucun des prêtres n'était visiblement armé, mais ils pouvaient cacher quelque poignard sous leur robe. Il s'allongea à plat ventre entre deux statues et attendit. La fille ne paraissait pas courir un danger immédiat. Il devrait sans doute y avoir un simulacre de jugement. Il se prépara à écouter et à apprendre, car la moindre miette d'information serait un trésor pour un homme dans sa situation, et en attendant il examina la vaste salle et ce qu'elle contenait.

De toute évidence, c'était une chambre de torture. Blade ne reconnaissait pas tous les instruments, mais beaucoup lui étaient familiers; le chevalet, la roue, les brodequins, la Vierge de Fer, et une énorme sellette sur laquelle brûlait un feu de charbon de bois. Au milieu du brasier il y avait un casque semblable à ceux des prêtres, mais plus grand et en acier. Il ne devait pas être sur le feu depuis longtemps car il commençait à peine à rougir. Au bord de la sellette, il y avait une longue pince.

Richard Blade n'était pas sujet aux excès de compassion. Il avait mené une existence rude dans une profession dangereuse, et ses incursions dans la Dimension X l'avaient encore endurci. Mais à présent il éprouvait de la pitié et aussi de la colère en contemplant la ravissante fille blonde enchaînée à ce trône, et en remarquant les regards apeurés qu'elle tournait vers le casque incandescent sur son lit de charbon de bois. Elle ne semblait pas pouvoir en détourner les yeux. Blade comprenait ce qu'elle devait ressentir. La farce du procès terminée, on allait enfoncer ce casque incandescent sur sa jolie tête et il brûlerait tout, les cheveux, les yeux, la chair, jusqu'à l'os. Si elle survivait, et il vaudrait mieux que non, elle serait une horreur qu'aucun homme ne pourrait supporter de regarder.

Blade ne songeait plus aux conséquences. Il était résolu à ne pas le permettre.

Ptol avait déroulé un parchemin. Il se tenait à côté du trône et l'on voyait luire par les fentes de son masque ses yeux concupiscents qui détaillaient le jeune corps nu. Les autres prêtres se taisaient respectueusement, tête basse, les torches allumant des reflets rougeoyants dans les masques d'or. Blade entendait clairement sa voix sirupeuse.

— Toi, Juna déposée, qui n'es plus Juna incarnée, qui n'es plus la déesse vivante mais une femme mortelle commune, tu as été amenée ici pour entendre ton acte d'accusation et souffrir la peine qui te sera infligée pour tes crimes. Tu as donné de faux conseils aux prêtres et aux militaires de Thyrne. Tu as usé de ton influence pour empêcher une alliance proposée par Hectoris, pour marcher avec lui contre Patmos, à la suite de quoi Thyrne serait épargnée. Tu as poussé les Thyrniens à résister aux Samostains. Thyrne est maintenant une ville morte, nos armées sont détruites, et notre peuple a été massacré. Qu'as-tu à dire pour ta défense, femme?

— Je n'ai pas vu de prêtre mort.

Sa voix était ferme, et Blade admira le regard de mépris qu'elle laissa peser sur Ptol.

— Surveille ta langue, femme! glapit le gros prêtre. De crainte que nous te l'arrachions avant de te brûler la figure! Et ne parle pas des prêtres. Tu n'es plus une déesse et tu n'as pas le droit de prononcer le nom de tes supérieurs.

La fille enchaînée soutint le regard de Ptol.

— Tu viens de te trahir, Ptol. Non, de

confirmer simplement ce que tout le monde sait. Tu es un lâche et un hypocrite.

Furieux, Ptol se précipita vers le trône et gifla violemment la fille.

— Assez! glapit-il. Tais-toi! Avoueras-tu que tu as donné de mauvais conseils? Vas-tu signer tes aveux?

Le merveilleux visage était marbré de rouge, mais elle continua de tenir tête fièrement, et parvint même à sourire avec mépris.

— Pourquoi as-tu besoin d'aveux, Ptol? Pour les montrer à Hectoris et t'insinuer dans ses bonnes grâces?

Ptol trépignait de rage. Il brandit le parchemin et se mit à hurler :

— C'est un sacrilège, femme! Un blasphème et une trahison, d'oser me parler ainsi. Je le répète. As-tu ou n'as-tu pas conseillé la résistance à Thyrne, plutôt que d'accepter les conditions généreuses d'Hectoris?

La jeune captive oublia ses liens d'or et tenta de se lever. Les chaînes la retinrent, et pourtant Blade eut l'impression qu'elle s'était dressée, orgueilleuse, impérieuse.

— Je nie que c'était une trahison. Je croyais sincèrement que Thyrne pouvait vaincre Samosta. Je le crois encore, mais nous avons été trahis pendant la nuit. Comment pouvais-je deviner qu'un traître irait ouvrir les grilles des égouts, révéler leur emplacement, guider les hordes barbares jusqu'au centre de la ville pendant que nous dormions? Comment aurais-je pu prévoir une telle trahison?

Pendant quelques instants, le silence régna.

La scène semblait figée dans le temps et l'espace, Ptol, un bras tendu, pointant le rouleau de parchemin vers la fille, comme une dague. Et puis le casque d'acier roula sur les charbons ardents. Un des prêtres saisit les longues pincettes et le remit en place. La fille regardait fixement Ptol.

— Où étais-tu la nuit dernière, Ptol? murmura-t-elle.

Un soupir monta des prêtres assemblés. Ptol retrouva toute son assurance. Il fit un geste et un des prêtres se hâta, avec une plume d'oie et un encrier.

— Vas-tu signer maintenant? Ou dois-je signer pour toi?

Elle retroussa les lèvres avec dédain.

— Tu t'abaisserais à commettre un faux? Pauvre Ptol. Comme ta carcasse doit trembler de terreur!

Il lui tendit le document et la plume.

— Signe! Si tu signes, je te ferai avaler une drogue et tu ne sentiras rien.

— Menteur! Je connais ta miséricorde! Tu meurs d'impatience de me voir souffrir. Je ne signerai pas.

D'un geste prompt, Ptol tendit le bras, toucha la main de la fille avec la plume et griffonna rapidement au bas du parchemin. Il se retourna vers les masques d'or.

— Vous êtes témoins. Elle a touché la plume et j'ai écrit pour elle. Elle reconnaît sa culpabilité. Elle a donné de faux conseils. Elle était à la solde d'Hectoris. Elle a ouvert les grilles des égouts dans la nuit pour laisser entrer ses armées.

La fille nue se débattait contre ses chaînes, ses traits ravissants déformés par la rage.

— Tu mens! Tu mens! Tu m'accuses de tes crimes!

Ptol braqua son index vers le prêtre qui tenait toujours le masque avec les pincettes.

— Que le châtiment ait lieu. Que le métal rougi à blanc purifie la pécheresse. Que la flamme anéantisse sa vilenie, comme elle brûlera ses cheveux, sa chair et ses yeux!

Le prêtre s'avança, tenant le casque au bout des pincettes. Le métal flamboyait et il s'en dégageait une fumée âcre et malodorante. Deux autres coururent vers le trône et, jetant une courroie autour du cou gracile de la fille, ils tirèrent sa tête en arrière. Terrifiée, les yeux exorbités, la bouche ouverte dans un cri qu'elle ne pouvait plus lancer, elle arqua son corps tandis que le masque incandescent s'approchait de plus en plus près.

Richard Blade se releva sans bruit, l'épée au poing. Il était temps. Il calcula ses chances, qui lui parurent minces. Ils étaient quatorze. Il avait pour lui l'effet de surprise, sa colère, sa résolution. Il se connaissait bien, il savait qu'il était prêt à tout, à tuer, à faire couler le sang.

Ptol leva une main grasse.

— Brûlez-lui la figure.

Blade bondit de l'ombre en poussant un cri féroce et apparut comme un démon, la figure grimaçante souillée d'ordure et de sang, énorme, musclé, brandissant un glaive étincelant. Il joua à fond le rôle du justicier vengeur. Riant aux éclats comme un dément, hurlant des invectives, il fit irruption dans l'assemblée comme une créature de cauchemar.

— Juna! Juna! Je viens te protéger et te venger, déesse! Juna vit, Juna vivra éternellement!

Trois des prêtres s'évanouirent aussitôt. Ptol poussa un cri perçant puis il poussa devant lui le maigre Zox pour s'en faire un bouclier, tout en tirant une dague de sous sa robe. Blade, qui n'était d'humeur à épargner personne, embrocha Zox, dégagea sa lame et poursuivit le gros petit prêtre qui cherchait à se réfugier derrière le trône.

Deux des prêtres noirs, armés de coutelas, bondirent sur Blade. Il étripa le premier et égorgea le second d'un coup de revers. Il comprenait maintenant ce que méditait Ptol et ne pouvait rien pour l'en empêcher. Il ne put s'empêcher de l'admirer; Ptol était peut-être obèse, abominable, mais il était rusé.

Ptol appuya la pointe de sa dague sur la gorge de la fille. Elle se tordait dans ses chaînes, en regardant Blade avec stupéfaction, aussi frappée par son intrusion terrifiante que l'étaient les prêtres.

— Arrête! glapit Ptol. N'approche pas, sinon Juna mourra de ma main. Si je dois mourir, elle mourra aussi, je puis te l'affirmer, qui que tu sois! Arrière! Arrière!

— Tuez-le! Tuez-le! cria la fille. Ne pensez pas à moi. Je suis Juna, je vous ordonne de le tuer!

Blade s'immobilisa et abaissa son épée. Il

voulait cette fille, vivante, comme otage et comme source d'information. Il ne pensait pas pour le moment à sa pulpeuse féminité. Il n'aimait pas l'attitude de Ptol; il aurait pu jurer que l'homme souriait sous son masque. Pourquoi?

Blade réfléchit, chercha comment gagner du temps. La salle s'était vidée. Il n'y avait plus qu'eux trois, les trois prêtres qu'il avait tués, les trois qui s'étaient évanouis. Tous les autres avaient fui.

C'était ça! Ils étaient allés chercher du secours. Non pas des prêtres, mais des soldats. Ptol devait savoir que les renforts arrivaient, des Samostains, bien sûr, les soldats d'Hectoris qui portaient l'emblème du serpent et la devise *Ais Ister*.

Blade feignit de céder et laissa reposer la pointe de son épée sur les dalles, près du casque encore rougi et fumant. Il sourit au gros prêtre et sur un ton paisible, comme s'il parlait de la pluie ou du beau temps, il demanda :

— Dis-moi, prêtre, que signifie la devise sur les boucliers des Samostains? *Ais Ister?* J'avoue que je suis curieux.

Ptol fut pris de court. La fille enchaînée ouvrit de grands yeux, et ses pensées se devinèrent : son sauveur était devenu fou.

La pointe de l'épée de Blade se rapprocha du casque.

— Je sais que tes amis sont allés chercher de l'aide.

Un des prêtres évanouis s'agita et gémit, Blade alla lui donner un coup de pied en pleine tête puis il revint prendre sa place. A présent, la pointe de son épée touchait presque le casque.

— Je suis le bras droit et le premier capitaine d'Hectoris, déclara-t-il. Je sais que tu lui as demandé une garde et qu'elle se tient prête, Ptol. Cela ne change rien. Je veux la fille pour moi. Elle m'a été promise par Hectoris, et j'ai l'intention de l'avoir. Et aucun prêtre bâtard ne va gâcher sa beauté tant que je ne m'en serai pas repu. Est-ce que tu comprends *ça*, Ptol?

Les yeux de Ptol clignèrent derrière le masque d'or. Il était dérouté.

— Tu mens, étranger. Ta propre question te trahit. Comment se peut-il que le capitaine d'Hectoris ne sache pas ce que signifie *Ais Ister*? J'agis pour Dieu. Comment est-ce possible?

— Je n'ai jamais étudié, répondit calmement Blade.

La pointe de l'épée était maintenant glissée sous le casque. L'odeur du métal incandescent chatouillait les narines de Blade. Il fit un léger geste de la main gauche, pour faire signe à la fille de se baisser, de s'écarter. Son regard lui dit qu'elle avait compris.

Ptol ne put résister au plaisir d'étaler son savoir. Tout en maintenant sa dague contre la gorge de la fille, il se mit à parler d'une voix de cuistre qui rappela si vivement à Blade des pions qu'il avait connus à l'école, qu'en toute autre circonstance il aurait éclaté de rire.

— Eh bien, cela est possible, sans doute,

zézaya Ptol. Ces mots sont dans une langue très ancienne et oubliée. Seuls les plus grands savants savent les déchiffrer et les comprendre. Hectoris lui-même, je le sais, a découvert cette inscription sur la tombe d'un roi mort il y a dix mille ans. Oui, un simple militaire ne pourrait...

Blade souleva le casque fumant de la pointe de son épée et le projeta vers le petit prêtre.

Ptol fit instinctivement un bond en arrière. Cela suffit. La fille s'était baissée sur le côté autant que le lui permettaient ses chaînes. Le casque frappa le dossier du trône et rebondit. Blade s'élança dans un bond prodigieux à la poursuite de Ptol en poussant un cri à glacer le sang.

Un des prêtres choisit cet instant précis pour reprendre connaissance. Il se retourna et allongea un bras qui heurta la jambe de Blade et le fit chanceler. Il se reprit presque instantanément, mais Ptol courait en glapissant comme un cochon égorgé. Blade abattit farouchement son épée, le prêtre hurla et tendit les deux mains devant lui pour se protéger en tortillant son gros corps pour échapper à l'acier menaçant.

Le glaive de Blade lui trancha la main droite. Le prêtre hurla de plus belle, en serrant contre lui son moignon de poignet, et se remit à courir. Blade se tourna vers le trône. Il avait déjà perdu trop de temps.

En voyant approcher Blade, la fille eut un mouvement de recul, et chercha à couvrir ses seins nus de ses mains. Blade secoua la tête, ne dit rien et s'apprêta à la délivrer. Ce n'était pas le moment de philosopher sur les bizarreries féminines, ni sur le fait qu'elle semblait avoir aussi peur de lui que de Ptol et des bourreaux noirs.

Les chaînes étaient cadenassées au dossier du trône. Blade alla ramasser les pinces à long manche, les introduisit entre des maillons et les tordit. Les chaînes résistèrent. Blade perdit patience — il ne lui en restait guère — et ses biceps se gonflèrent, ondulèrent comme d'énormes serpents sous sa peau luisante de sueur. Les cadenas sautèrent, les chaînes tombèrent à grand bruit. La fille resta pelotonnée sur le trône en regardant ce qui devait être pour elle une apparition terrifiante, un diable ensanglanté, suant, à la barbe noire et d'humeur massacrante.

Blade, les poings sur les hanches, la foudroya du regard. Il entendait déjà les pas précipités d'hommes armés dans un des souterrains. Un autre des prêtres évanouis se retourna et gémit. Blade alla lui décocher un grand coup de pied dans la tête, passant ainsi sur lui un peu de sa rage, et revint vers la fille. Elle s'était mise debout et tentait de dissimuler pudiquement ses deux seins et son pubis mais, de toute évidence, il lui aurait fallu une troisième main.

Blade commençait à en avoir assez. Il empestait l'ordure, il était couvert de petites blessures, tous ses sens l'avertissaient de l'approche d'un nouveau danger. Il marcha sur elle. Elle se retourna pour lui échapper et, d'un grand coup du plat de son épée, il fessa son superbe derrière nu. L'acier laissa une grande marque rouge sur la chair tendre.

Il n'en fallut pas plus. Oubliant sa terreur, elle lui cracha dessus, se rua sur lui toutes griffes dehors et tenta de l'éborgner. Blade la souleva sans ménagements et la jeta sur son épaule en lui donnant une nouvelle claque sur les fesses.

— Indiquez-moi la sortie, gronda-t-il. Indiquez-la-moi, et puis bouclez-la si vous ne voulez pas que je vous fasse taire pour de bon. Par quel passage rejoindrons-nous vos gens et les marais?

Elle montra une torche grésillant au-dessus d'une sombre ouverture.

— Par là...

Blade fit passer son épée dans sa main gauche, glissa son bras droit entre les cuisses satinées de la fille et la maintint fermement. Comme ils allaient pénétrer dans le souterrain, ils entendirent des cris. Blade jeta un coup d'œil derrière lui; des soldats se ruaient dans la salle. Ils portaient des boucliers ornés du serpent se mordant la queue et ils étaient commandés par Ptol, soutenu par deux de ses frères en robe noire. Blade jura. Qui aurait cru que ce gros petit prêtre serait si coriace?

Ptol les aperçut et agita son moignon entouré d'un linge sanglant.

— Sus! Sus! hurla-t-il. Une corbeille d'or à celui qui tue le démon noir!

Blade se remit à courir, la hanche parfumée

de la fille pressée contre sa joue. Ainsi, il était un démon! Il se dit qu'après tout cette réputation pourrait lui servir. Mais pour le moment, il avait une déesse sur les bras, ou plutôt sur l'épaule...

V

Quatre jours s'étaient écoulés. Richard Blade avait accompli un miracle. Il avait réussi à faire couvrir par Juna et sa suite — des vieillards, des enfants, des dames d'honneur, quatre eunuques et un jeune garçon râblé — plus de cent cinquante kilomètres de marais salins désolés et dangereux. Il frappait et suppliait, menaçait et cajolait, il portait parfois un enfant ou une vieille femme, et finalement il avait atteint cette côte sauvage en ne perdant que quatre personnes.

Il dressa un campement de fortune dans les dunes, près d'une haute formation rocheuse de pierres dressées aux formes tourmentées. On les appelait les Pierres Chantantes, et c'était là que Juna l'avait guidé. Elle avait envoyé un messager à l'île de Patmos pour demander des secours, et s'ils arrivaient ils aborderaient près de ces pierres. Blade n'était pas très optimiste.

Juna — Blade continuait de l'appeler ainsi bien qu'elle ne fût en aucune façon une déesse pour lui — l'évitait autant que possible. Elle gardait près d'elle son troupeau de serviteurs, d'eunuques et de dames d'honneur et, de temps en temps, elle envoyait à Blade des ordres impérieux par un messager. Il les ignorait généralement, riant ou pestant suivant son humeur, et une fois ou deux il lui était arrivé de renvoyer un des eunuques à Sa Divinité à grands coups de pied dans le cul.

Accroupi sur le sable en compagnie du jeune garçon, Edyrn, Blade écoutait le sifflement surnaturel du vent dans les Pierres Chantantes. Ce gémissement modulé perpétuel commençait à lui porter sur les nerfs. Les yeux plissés, il contemplait la mer houleuse et grise. Quand la brume se dissipait un peu, il apercevait des voiles. Les vaisseaux samostains, qui attendaient probablement un changement de temps. Depuis des jours, le vent et la mer étaient trop violents pour permettre un accostage. Blade gardait sa petite compagnie dissimulée dans les dunes, de son mieux, en sachant que dès que le temps se remettrait au beau la flotte arriverait, les soldats débarqueraient et les tueraient ou les captureraient tous.

Mais pour le moment, il avait d'autres soucis. Son ventre criait famine et commençait à refuser le régime de racines et de baies. Il réfléchissait aux moyens de prendre du poisson quand Edyrn pointa avec sa lance et lui dit :

— Voici venir la sorcière, Kron. Elle a écouté les pierres et elle vient faire une prédiction, probablement.

Blade grogna. Edyrn était un bon garçon,

son bras droit pour le moment, petit mais bien musclé, pas bête et apparemment loyal. Blade avait grand besoin d'un lieutenant, d'un homme capable de comprendre et d'exécuter les ordres, et Edyrn était le seul qu'il eût sous la main.

— Va voir ce qu'elle veut, Edyrn. Eloigne-la de moi. J'ai autre chose à faire qu'à écouter ce que racontent des pierres, en particulier trouver un moyen de pêcher dans cet océan, si nous voulons être assez forts pour monter à bord si jamais un navire arrive de Patmos. Note que je n'y crois guère, car je ne vois pas comment il pourrait forcer le blocus des Samostains. Va, petit. Laisse-moi réfléchir.

Edyrn obéit. Blade le vit prendre la vieille femme par le bras et l'entraîner. Elle protestait, gémissait et résistait, en se tournant constamment vers Blade.

Au bout d'un moment, Edyrn revint répéter le message énigmatique de Kron, la vieille sorcière :

— Les pierres ont chanté pour moi et le vent m'a apporté leurs paroles. Cherche dans les sables celui qui a été envoyé mais n'est pas parti. Cherche la maison qui contient un message qui ne sera pas porté. Cherche non loin d'ici une maison neuve, construite avec les os de la vieille, habitée maintenant par des choses griffues. Cherche cela et trouve-le et tu trouveras aussi le malheur et l'espoir. Les pierres se taisent...

Blade écouta avec soin. Il fit répéter le message trois fois. Puis il passa sa grande main dans sa barbe noire embroussaillée et secoua la tête.

— Ça n'a pas de sens. Je n'y comprends rien. Et toi ?

— Moi non plus, monseigneur. Mais ça doit avoir une signification. La vieille Kron est la devineresse de Juna depuis le temps où Thyrne n'était qu'un village de huttes dans un marais désert. Elle ne se trompe jamais. Il y a de la vérité dans ses paroles, si seulement nous pouvions la découvrir.

— Va me chercher la déesse Juna, dit Blade. Je veux la voir tout de suite. Ici.

Edyrn reparut au bout de quelques minutes à peine.

— Juna envoie ses salutations, monseigneur, et...

— Je ne t'ai pas envoyé me chercher ses salutations! rugit Blade. Où est-elle?

Le garçon recula d'un pas mais répondit assez vaillamment :

— Juna dit qu'elle ne peut pas venir à vous. Elle n'est pas une servante, pour être commandée ainsi. C'est elle qui commande et, si la chose est assez importante, vous pouvez aller à elle. Elle espère que c'est important. Elle est en ce moment avec ses dames d'honneur et ne veut pas être dérangée pour rien.

Blade ouvrit la bouche et la referma. Il considéra froidement Edyrn, qui recula encore peureusement. Mais ce fut d'une voix calmée que Blade lui dit :

— Retourne auprès de Juna, petit. Tu lui répéteras ceci, mot pour mot : elle doit venir ici immédiatement. Sinon j'irai la chercher, et elle sait ce que ça voudra dire. Je doute qu'elle ait un miroir dans ce désert, mais elle peut tâter la marque qu'elle porte encore sur son postérieur. Ma marque! Dis-lui que si elle ne vient pas immédiatement, je lui en mettrai une autre à côté. Va lui répéter tout ça.

En attendant, Blade réfléchit de nouveau aux paroles mystérieuses de la vieille. « ... cherche dans les sables celui qui a été envoyé mais qui n'est pas parti... »

Il se leva, et contempla à droite et à gauche l'étendue de la plage. Rien n'y bougeait, les sables s'étendaient des deux côtés dans une désolation totale, on n'entendait même pas de cris d'oiseaux de mer, seulement les gémissements du vent et le fracas des vagues.

« ... celui qui a été envoyé mais qui n'est pas parti... »

Edyrn revint avec la fille. Elle portait une cape de pourpre sur un simple fourreau blanc, et des sandales lacées haut. Ses dames d'atours l'avaient baignée et coiffée en tressant des rubans dans ses cheveux. Blade avait vu les gros coffres de cuir portés par ses serviteurs et les avait autorisés parce que les eunuques n'étaient bons à rien d'autre. Nous avons des fanfreluches et des rubans, pensa-t-il amèrement, des onguents et des fards, mais pas d'armes, pas de provisions et pas de combattants.

Il s'inclina solennellement, la figure impassible, et déclara :

— Je suis heureux que vous vous soyez ravisée, Juna. A moins que vous n'ayez un miroir, après tout?

Elle rougit, et ses lèvres sensuelles se pincèrent, mais les grands yeux violets ne cillèrent pas. Edyrn, qui ne comprenait pas, les regarda à tour de rôle d'un air perplexe. Blade s'adressa à lui.

— Retourne au camp, petit. Mets les eunuques au travail, qu'ils rassemblent des roseaux dans le marais. Et que toutes les femmes se mettent au travail aussi pour fabriquer un grand filet. Tu les surveilleras, et tu veilleras à ce que ce soit bien un filet, pas une passoire. Je compte trouver le travail bien avancé à mon retour. Nous aurons peut-être bientôt de quoi nous rassasier. Allez, va.

— Je préfère qu'il reste, dit Juna sur un ton hautain. Il n'est pas bon qu'une déesse reste seule avec un inconnu.

— Va, petit, répéta Blade.

Edyrn partit précipitamment. Blade et la fille s'observèrent un moment en silence. Ce fut elle qui le rompit.

— Vous m'avez mandée, Richard Blade. Me voici, contre mon jugement. Que voulez-vous de moi?

— Une conversation. Parler de diverses choses. En particulier de votre mémoire courte. Je ne comprends pas votre attitude. Sans moi vous seriez morte, ou une sorte de monstre sans visage aspirant à la mort. J'ai couru de grands risques pour votre bande de bons à rien et de castrés. Vous me devez la vie, Juna. Je ne demande aucune reconnaissance mais au moins un peu de courtoisie et de coopération. Vous m'évitez, et vous ne m'accordez ni l'une ni l'autre. Pourquoi?

Le vent souleva la cape de pourpre. Le fourreau était largement décolleté, et Blade put voir ses seins presque dénudés. Elle surprit son regard et resserra son vêtement contre elle.

— En me sauvant, vous n'avez fait que vous servir vous-même, dit-elle. Vous exigez trop. Votre vie était en danger tout autant que la mienne. Ptol est votre ennemi comme il est le mien. Tout comme Hectoris. Vous n'êtes pas Thyrnien, vous n'êtes pas Samostain et vous n'êtes certainement pas de Patmos. Vous ne ressemblez à aucun homme que j'ai connu et après mûre réflexion je ne vois aucune raison d'avoir confiance en vous. Si je cherche à me servir de vous il est évident que vous voulez vous servir de moi. Avec cette différence : vous connaissez mes mobiles. Fuir et trouver asile à Patmos. Je ne connais pas les vôtres.

Elle était transformée. Ce n'était plus la fille terrifiée de la chambre de torture, mais une femme avisée à l'esprit aigu. Blade hocha la tête et sourit légèrement. Ce qu'elle disait était sensé, mais il n'avait pas le temps de trop s'interroger. Il aurait changé de ton, sans doute, si elle n'avait pas ranimé sa colère en ajoutant :

— Vous oubliez que je suis une déesse, l'incarnation physique de l'éternel esprit de Juna de Thyrne. On nous observe. Vous allez vous agenouiller et me baiser la main, en vous humiliant comme il convient.

Blade se maîtrisa à grand-peine. Il ne jura pas, il la frappa encore moins, et pourtant la tentation était forte. Il se contenta de la foudroyer du regard en grondant :

— Très bien, déesse! Persistez dans cette comédie si ça vous chante, mais n'espérez pas de moi autre chose que des rires, quand j'aurai envie de rire ce qui n'est pas le cas en ce moment. Venez. Nous allons nous promener sur la plage. Nous avons réellement à discuter de choses plus sérieuses que vos maudites sornettes. Venez-vous de votre plein gré ou faut-il que je vous traîne, sous les yeux de votre bande d'idiots?

Elle serra étroitement son manteau contre elle et croisa les bras sous ses seins provocants. Il y avait de la colère dans ses yeux, mais aussi une lueur de malice, de défi.

— Je dois vous obéir, Blade. Je n'ai pas d'hommes armés pour me soutenir. Vous êtes notre seul guerrier, mon unique protection. Dans une telle situation une déesse doit faire des concessions.

Blade renifla. Il lui prit le bras, un peu brutalement, et ils descendirent vers un promontoire qui s'allongeait dans la mer. A cause de sa colère, et aussi d'une autre émotion qu'il ne voulait pas s'avouer, il grogna :

— Déesse encore? L'immortelle Juna! La putain du temple, plutôt. Au fait, je suis un héros, moi aussi. Est-ce que je n'ai pas droit à votre lit? Pourriez-vous me dire sans mentir que je ne vaudrais pas mieux que Ptol?

Il la sentit frémir. Elle pâlit et se détourna mais se défendit d'une voix assez ferme :

— J'ai fait ce que doit faire une déesse. Ce

n'est pas un péché de se donner aux héros de Thyrne. L'esprit mère de Juna le sait et l'approuve.

Blade resserra son étreinte sur le bras mince. Il savait qu'il lui faisait mal et s'en moquait.

— Et le gros prêtre? Hein? Ptol?

Elle trébucha et serait tombée s'il ne l'avait retenue. Elle essaya de se dégager; il n'y avait plus de moquerie dans ses yeux, à présent. Elle le considéra avec crainte.

— Qui êtes-vous? Qu'êtes-vous? Comment savez-vous ces choses? Etes-vous véritablement un démon venu pour me détruire?

Il la lâcha et s'écarta d'elle. Il n'éprouvait aucun remords mais elle n'était après tout qu'une femme sans défense. Il bougonna :

— Ça suffit. J'ai une énigme pour vous.

Il lui répéta les paroles de Kron, et demanda sur un ton sarcastique :

— Est-ce que vous comprenez, Juna, dans votre infinie sagesse?

Elle secoua la tête. Une larme tomba, et Blade feignit de ne pas la voir. Juna l'essuya avec sa manche.

— Non. Mais Kron est sage. Si elle parle ainsi, cela doit avoir une signification. Les pierres du vent, qui chantent...

— Ne dites pas de sottises. Elle n'a pas entendu ça dans le vent. Je sais qu'elle s'est longuement promenée le long de la côte. Elle a pu découvrir quelque chose et choisir ce moyen de m'en avertir. Peu importe. Nous allons chercher.

Il désigna le promontoire, à huit cents mètres à peine, aride, escarpé, hérissé de grandes roches ruinesques voilées de brume.

Juna le rattrapa. Ses yeux étaient secs, à présent, et son ton aussi.

— Que cherchons-nous, Blade?

— Je ne sais pas trop, avoua-t-il. Mais vous avez envoyé un messager à Patmos. N'est-ce pas?

— Oui. Il s'appelle Tudd, c'est un de mes plus fidèles serviteurs. Quand j'ai compris que Thyrne était perdue et que j'ai entendu dire que Ptol allait m'arrêter, j'ai immédiatement envoyé Tudd ici. Aux Pierres Chantantes. Il devait faire la traversée et ramener des secours, des navires de Patmos pour m'y transporter.

— Ce Tudd, il avait déjà fait ce voyage? Pour vous? Avec des messages pour Patmos?

— Oui. Oui. Il était mon messager.

— ... cherche dans les sables celui qui a été envoyé mais n'est pas parti... Voilà me semble-t-il une partie de l'énigme résolue. Un messager est envoyé. Mais, si cette vieille sorcière a raison, et le vent bien sûr, celui-ci n'est pas parti.

Ils arrivèrent à la base du promontoire; le terrain s'élevait en pente raide vers la muraille de rochers. Blade examina un moment ce rempart de pierres; cela pouvait être une formation naturelle, mais il en doutait. Des hommes l'avaient construit.

Juna s'arrêta, frissonnante :

— Je n'aime pas cet endroit.

Blade ne répondit pas mais l'entraîna de force avec lui. Ils gravirent la pente et bientôt ils se trouvèrent à la base de la muraille. Des pierres disposées pour former un escalier rudimentaire leur permirent d'atteindre le sommet. Blade sourit en découvrant ce qui semblait être un petit cratère volcanique.

— Vous voyez! On ne sait jamais ce qu'on va trouver.

Il observa Juna. Elle paraissait aussi surprise que lui. Plus encore, car il s'était attendu à découvrir quelque chose, lui.

Un temple en miniature semblait flotter dans la brume, au fond du cratère, sur un socle de pierre luisante. Il était ouvert sur les quatre côtés et de fines colonnes soutenaient un toit pyramidal ouvert au sommet.

Juna frissonna de nouveau et se serra contre Blade. Il enlaça sa taille fine et elle ne protesta pas.

— Venez, dit-il en la guidant sur un étroit sentier. Je crois que ce lieu a quelque chose à nous apprendre.

— Oh! Oh... non... non...

Elle pivota et enfouit sa figure au creux de l'épaule de Blade. Il la serra contre lui et regarda par-dessus sa tête blonde.

Le cadavre d'un homme gisait au pied du temple, écartelé, chaque membre pointant dans une direction opposée, avec la tête coupée posée au milieu.

Juna se mit à sangloter, en se cramponnant à Blade. Il s'étonna. En tant que déesse, elle avait sûrement vu pire. Il lui caressa les cheveux et murmura :

— Votre messager? L'eunuque Tudd?

Elle hocha la tête contre sa poitrine. Il se rappelait les paroles de la vieille Kron. Oui, il ne s'était pas trompé, la vieille sorcière était venue là.

Il y avait du sable autour du cadavre. Des assassins soigneux; ils s'étaient servis de sable pour éponger le sang. La « maison » était ce corps, naturellement, et il était maintenant fait d'os parce que des crabes étaient venus s'en repaître.

« ... tu trouveras le malheur et l'espoir. Les pierres se taisent... »

Ils avaient trouvé le malheur. Où était l'espoir?

Il sentit Juna onduler contre lui. Elle effleura sa joue de ses lèvres. Son haleine était parfumée, son corps se moulait au sien, et il sentit le désir flamber dans ses reins.

— J'ai soudain un grand désir de toi, Richard Blade, souffla-t-elle. J'ai redouté cet instant. Alors je feignais la froideur et la colère. J'ai peur de toi, et cependant mon cœur et mon corps crient vers toi. Mon esprit me dit non, mais mon corps n'écoute pas la voix de la sagesse. Quittons cet endroit, mon amour. Viens. Nous nous ferons un lit dans le sable doux...

Blade la fit taire d'un baiser. Sa bouche était brûlante, sa langue un dard de chair qui l'envahissait et l'enfiévrait. Il l'embrassa passionnément, mais sans perdre la tête. Pourquoi cette brusque comédie sexuelle? Que savait-elle, qu'avait-elle vu qu'elle ne voulait pas qu'il voie, qu'il sache? Il examina le corps démembré de Tudd. Quelque chose avait effrayé Juna,... Oui. Là, près des os décharnés d'une main, un bâton d'ivoire.

Juna se pressa plus encore contre lui.

— Partons, Blade! Je ne puis supporter cet endroit. Et je me meurs pour toi!

Il caressa ses cheveux, sa gorge délicate, se poussa contre elle pour qu'elle sente à travers ses vêtements sa virilité palpitante et durcie. Elle laissa glisser une main entre eux, le trouva, le caressa, et sa respiration devint plus rapide. Il était certain qu'elle ne jouait plus la comédie. En cherchant à l'exciter elle avait éveillé ses propres sens.

— Nous partons, murmura-t-il tendrement. Moi aussi je te désire, Juna. Tu es ma déesse. Mais d'abord nous avons des choses à faire. Nos corps et notre amour devront attendre.

Elle gémit et ses doigts s'activèrent plus fébrilement.

— Pourquoi? Je ne peux pas, je ne veux pas attendre. Je te veux, maintenant.

Il l'embrassa encore.

— Rien qu'une question ou deux. Quand as-tu envoyé Tudd avec ton message à Patmos?

Elle essaya de se dégager mais il la maintenait solidement. Enfin, elle marmonna :

— Il y a une semaine.

Blade réfléchit. Une semaine, c'est-à-dire deux jours avant l'attaque des Samostains.

— Vraiment, Juna? Tu as envoyé Tudd deux jours avant qu'Hectoris attaque par les égouts. Tu savais qu'il viendrait, tu savais que les grilles des égouts lui seraient ouvertes par

Ptol, et pourtant tu n'as pas averti les Thyrniens. Tu n'as rien dit au haut commandement. Tu es restée passive pendant que la ville mourait, et tu as envoyé un messager pour assurer ta propre sécurité!

Elle se débattit furieusement, comprenant trop tard qu'il ne s'était pas laissé abuser. Elle chercha à reprendre son rôle de déesse.

— Mensonges! Comment oses-tu me parler ainsi? Et pourquoi maintenant... alors que j'étais prête... que je te désirais...

Blade laissa aussi tomber le masque. Il la saisit par le poignet et la traîna brutalement vers le corps écartelé et le bâton d'ivoire. Quand il le ramassa, elle voulut le lui arracher. Blade l'éleva hors de sa portée et dévissa une des extrémités. A l'intérieur, il y avait un mince rouleau de parchemin. Il sourit largement.

— Ah! Maintenant nous allons peut-être connaître une vérité ou deux!

Juna cracha et se détourna. Il se mit à lire à haute voix :

A Izmia, Perle de Patmos, pour informer Ta Grâce Infinie que ma mission est presque terminée ici à Thyrne. Je dois maintenant songer à mon salut et à celui de mes fidèles, et te supplie de nous envoyer un navire à l'endroit qu'indiquera Tudd, le porteur de la présente. Je te conjure d'agir en toute hâte, car ici le danger est grand. Notre plan a réussi dans l'ensemble, en cela que j'ai provoqué la bataille entre Samosta et Thyrne, afin que toutes deux soient affaiblies, particulièrement Hecto-

ris, et de gagner pour Patmos un temps précieux permettant de se préparer à l'invasion inévitable. Ptol me soupçonne, et cherche déjà à entrer dans les bonnes grâces d'Hectoris. Je sais que Ptol est traître à Thyrne mais ne puis le prouver et n'en ai plus le temps. O grande Perle de Patmos, j'ai rempli ma mission et t'implore de m'envoyer des secours au plus tôt. Ta tendre et dévouée Vilja.

— Eh bien! s'exclama Blade en lui brandissant le document sous le nez. Ptol avait donc raison, hein? Tu as bien trahi Thyrne!

Elle serra les dents et ses yeux fulgurèrent.

— Non! Je ne suis pas Thyrnienne, alors comment pourrais-je la trahir? Je ne l'ai jamais servie. Je suis de Patmos et ne sers qu'elle, et ma reine Izmia, Perle de Patmos.

Blade comprenait maintenant. Un agent provocateur, envoyé par Patmos pour fomenter la guerre entre Thyrne et Samosta. Il la considéra d'un air songeur, avec l'admiration d'un professionnel pour un autre. C'était après tout son propre métier.

— Une espionne, railla-t-il dans l'espoir de provoquer sa colère et de la faire parler inconsidérément. Une espionne posant à la déesse Juna pour conspirer et pousser Thyrne et Samosta à la bataille afin que le vrai vainqueur soit Patmos. Astucieuse fille. Et rusée Izmia, qui que ce soit.

La technique était familière à Blade, c'était une vieille politique de la Dimension normale. L'Angleterre la pratiquait depuis des siècles.

Juna, ou Vilja, ne répondit pas immédiatement. Elle l'examina intensément, et Blade devina qu'elle se demandait si elle pouvait avoir confiance en lui et se démasquer complètement. Tous deux comprenaient la situation; elle était totalement à sa merci. Quand elle fit un pas vers lui, il fut heureux de constater qu'elle avait opté pour la franchise. Sa propre tâche commençait à peine et ne serait pas commode. Il aimait autant l'avoir comme amie que comme ennemie. Et puis, aussi, il entendait la posséder, et le viol n'était pas de son goût. Elle lui tendit la main et il la prit.

— Entrons dans le temple, dit-elle. Je répondrai à tes questions par la vérité. J'ai besoin de ton aide pour fuir. Izmia n'a pas reçu le message et n'enverra pas de navires. Mais toi aussi, Blade, tu as besoin de moi. Tu es un étranger — et un démon, je le crois encore — qui ignore ce qui se passe ici. Je te guiderai.

Il hocha la tête, en se promettant de prendre tout ce qu'elle lui dirait avec un grain de scepticisme. Ils contournèrent le malheureux Tudd et gravirent les marches du temple. L'intérieur était en pierre volcanique vitrifiée, non pas noire comme l'obsidienne mais d'une teinte laiteuse d'opale.

Sous l'ouverture du plafond, deux autels se dressaient, voilés de brume. Le plus petit, de la taille d'un lit, était légèrement creusé et lisse, poli. Blade y entraîna Juna et la fit asseoir à côté de lui. Il remarqua, juste en face, une sombre ouverture rectangulaire et se dit qu'un bateau, une embarcation quelconque devait y être cachée.

— Et maintenant! Juna la déesse, ou Vilja?

Elle nicha sa tête au creux de son épaule.

— Vilja est mon nom. Je suis la petite-fille d'Izmia, Perle de Patmos.

Ainsi, il aurait affaire à une vieille femme, une grand-mère. Cela ne troubla pas Blade. Il savait manipuler n'importe quelle femme, jeune ou vieille.

— Je t'appellerai Juna, c'est ainsi que je t'ai connue. Mais simplement Juna. Nous oublierons que tu étais une déesse. Mais dis-moi, comment es-tu devenue déesse?

Tandis qu'elle l'expliquait, il dut reconnaître que c'était un chef-d'œuvre de prévoyance et d'intrigue. Une démarche astucieuse dans la guerre tripartite opposant depuis plus d'un siècle Thyrne, Samosta et Patmos. Patmos était la plus faible des trois nations — pour des raisons que Blade n'allait pas tarder à découvrir, à son infini dégoût — mais la mieux protégée puisqu'elle était une île. Jusqu'à présent, cela l'avait préservée de l'invasion.

— Mais maintenant, dit Juna en se serrant contre Blade, la mer n'est plus un rempart sur lequel Patmos peut compter. Hectoris, le chef des Samostains, a commencé il y a des années à construire une grande flotte de vaisseaux d'invasion... Mais assez parlé. Efforce-toi de me satisfaire puisque je suis, comme tu le dis, une putain de temple!

Elle ouvrit prestement les braies de Blade, se pencha, et il sentit la brûlante caresse de sa langue.

Il plongea une main dans le fourreau blanc

et joua avec le fruit de velours qu'il y trouva. Ses doigts découvrirent une chaîne et la suivirent jusqu'au minuscule fourreau pendant entre les omoplates. Il tira et une petite dague d'or apparut. Il éclata de rire.

— Tu n'aurais pas par hasard médité de me plonger ceci dans le dos quand je serais couché sur toi?

— Non, Blade, non, je te le jure.

Elle reprit ses caresses énervantes, de sa bouche humide et douce, puis elle releva les yeux. Un sombre feu y couvait. Ses lèvres remontèrent jusqu'à sa poitrine.

— C'est vrai, tu sais. Tu as dit vrai, Blade. Je suis bien une putain. Je ne peux renier ma nature. Ma grand-mère a bien choisi sa Juna. Ah, Blade! Combien de temps vas-tu me faire attendre?

Il jeta la petite dague et déboucla son ceinturon. S'il était attaqué maintenant, il serait désarmé mais il n'hésita pas. Il avait besoin de ce soulagement, de cet apaisement des sens et pensait qu'ensuite il n'en réfléchirait et ne se battrait que mieux. Il souleva la tête de Juna, posa sa joue contre la souple douceur de ses seins et l'allongea sur l'autel dont la pierre semblait tiédie par leurs corps. Il dégrafa et rejeta le manteau, et elle se défit elle-même de son fourreau. Puis elle ferma les yeux et lui tendit les bras en roucoulant :

— Viens à moi, mon démon. Pénètre dans la maison de Juna. Je te montrerai comment aime une déesse. Viens, Blade! Je l'ordonne... je le veux... je... Aaaaaahhhh! Démon!... Démon...

Les humides cavernes de la Juna vivante aspirèrent Blade, le serrèrent, le caressèrent dans un jeu frénétique de muscles experts, à l'accompagnement de cris et de gémissements. Il dut reconnaître que si elle était une putain de temple, c'était une des meilleures. Elle connaissait admirablement son affaire. Déjà leurs sueurs se mêlaient, et toujours elle se tordait et se poussait vers lui, avide et insatiable. Il connaissait ce type de femmes, les plus difficiles à contenter, il savait que chacun de ses cris dénonçait un orgasme et qu'un autre suivait immédiatement.

Les fines cuisses de Juna escaladèrent ses hanches et le serrèrent, les chevilles nouées au creux de son dos, tandis que ses mains erraient sur ses fesses, le griffaient, le maintenaient prisonnier de son vagin, comme si elle recherchait l'impossible, attirer le corps géant tout entier à l'intérieur d'elle-même, comme si cela seul pourrait l'assouvir. Une plainte modulée s'échappait maintenant de ses lèvres entrouvertes, incessante, éternelle.

Quand Blade se laissa aller après une poussée fulgurante et un grognement, elle cria mais refusa de le libérer. Elle serra convulsivement les jambes, se fit étroite, s'efforçant jusqu'au bout de le garder en elle. Mais finalement elle perdit la partie et il glissa hors d'elle. Juna soupira et resta inerte, les yeux fermés. Blade la recouvrit de son fourreau blanc puis il ramassa son ceinturon et s'en ceignit en l'observant. Elle somnolait, dans les limbes, et ne représentait pour le moment aucun danger. Il sourit et la laissa ainsi. Pour le moment il était le maître, et elle le savait.

Il alla explorer le sombre orifice dans le mur du temple. Il ne découvrit qu'une petite salle nue, et des éléments d'une petite embarcation. Il lui fallut un moment pour comprendre, puis il sourit, admiratif. Le bateau pouvait être démonté et remonté. C'était une barque rudimentaire, en osier et en roseaux colmatés avec de la boue, de l'argile séchée, et en l'imaginant toute remontée il vit qu'elle devait ressembler à une sorte de baignoire géante. Elle pourrait sans doute contenir trois, peut-être quatre personnes, et ne devait pouvoir naviguer que par calme plat. Il n'y avait qu'une seule pagaie, et le bateau était certainement difficile à barrer.

Il retourna auprès de Juna. Elle ouvrit les yeux, et s'humecta les lèvres comme une chatte repue.

— Ah Blade! Si tu es un démon, je ne voudrai plus pour amants que des démons! Viens. Viens encore!

Blade rit, lui prit les mains et la fit lever.

— Je commence à comprendre pourquoi les hommes de Thyrne veulent tous être des héros. Mais oublions cela pour le moment. Il nous faut retourner au camp. Je dois donner un contrordre. Ce ne sont pas des filets que je veux, mais des bateaux. Et je les aurai.

A contre-cœur, Juna se rhabilla.

— Des bateaux? Je ne comprends pas. Comment allons-nous avoir des bateaux?

Il lui lança sa cape et, ramassant la petite dague, il la lui rendit.

— Tâche de ne pas prendre ma chair pour un fourreau. Maintenant viens voir.

L'embarcation grossière démontée n'impressionna guère Juna. Elle fit une petite moue dégoûtée.

— Nous allons traverser la mer là-dedans?

— Parfaitement. Nos ventres peuvent attendre. Nous ferons des bateaux, à la place des filets. Celui-ci me servira de modèle mais je les ferai plus grands et, grâce à une planche centrale et un gréement, plus stables. Mais nous devons nous hâter. Cette brume va se dissiper et la mer se calmer. Nous devrons alors être prêts. Nous partirons la nuit et nous essayerons de nous glisser entre les navires de patrouille. Nous aurons besoin de chance, mais je crois que ce sera possible. J'ai une épée, Edyrn une lance, elles nous serviront de haches. Mais il y aura des problèmes, beaucoup de problèmes. Viens, maintenant, dépêchons-nous!

Ils descendirent du promontoire, et Blade partit en avant à grandes enjambées. Il ne vit pas le regard que lui jetait Juna.

VI

Leur fuite fut grandement facilitée par l'arrogance des patrouilleurs samostains. Tandis que le temps se levait et que la visibilité s'améliorait, leurs feux de position étaient autant de bouées pour Blade. Il avait maintenant une demi-douzaine de frêles embarcations de roseaux, autant d'avirons, et la chance jouait en sa faveur car c'était une nuit sans lune. Il confia une embarcation à chacun des eunuques, Edyrn et lui-même prenant les deux dernières.

Celle d'Edyrn était surchargée, avec deux enfants et deux des dames d'honneur de Juna, mais de l'avis de Blade c'était la plus résistante. Il réserva le plus petit des bateaux pour lui et Juna. S'ils pouvaient atteindre Patmos il aurait besoin d'elle, soit comme otage soit comme guide, et il n'avait nulle intention de la perdre. Il s'était même dit qu'en cas de malheur il pourrait nager jusqu'à Patmos en la remorquant. Malgré tout, la distance était longue, même pour Blade, et chaque mille gagné serait précieux.

Le moment du départ venu, Blade fut assez

inquiet de voir Juna et Edyrn chuchoter à l'écart, sur la plage. Elle lui adressa un sourire moqueur quand il s'approcha, et le gamin rougit et parut mal à l'aise.

Blade préféra ne rien dire. Il indiqua les feux des navires, qui étaient trois, à environ deux milles de la côte et à un mille les uns des autres.

— Il y a seulement trois choses que tu ne dois pas oublier, petit, dit-il à Edyrn. Observe un silence absolu. Que personne ne parle. Tu as mon autorisation de tuer quiconque fait du bruit. Tu devras te diriger entre les lumières, à égale distance de chaque côté. Troisièmement, et ça ne deviendra important qu'une fois les patrouilleurs dépassés, tu devras te guider sur la dernière étoile du Lancier. Elle te l'a dit?

Edyrn jeta un coup d'œil à Juna — d'un air gêné, pensa Blade — et pointa sa lance vers une constellation à peine visible sur l'horizon, et ressemblant vaguement à un guerrier portant une lance.

— Elle m'a donné des instructions, monseigneur. Je suivrai l'étoile de la pointe et elle me guidera jusqu'à Patmos.

— Espérons-le. Va, maintenant. Et bonne chance, petit.

Edyrn salua et courut vers son frêle esquif qui l'attendait ainsi que ses passagers inquiets. Blade prit Juna par le bras et le suivit. Ils observèrent la mise à l'eau des bateaux. La mer était parfaitement calme, mais les vaguelettes firent tout de même tournoyer les embarcations comme des bouchons.

— C'est plus que de la chance qu'il leur faudra, marmonna sombrement Blade. C'est un miracle.

A ce moment, une des embarcations d'osier se retourna. Blade entendit un appel au secours alors qu'il se précipitait et plongeait, et puis le silence tomba. Quand il atteignit le bateau retourné, il vit qu'il s'était désintégré et n'était plus qu'un enchevêtrement de roseaux. Il n'y avait pas trace des occupants. Il plongea une fois ou deux, puis il regagna la plage.

— Tous disparus, dit-il à Juna. Kron était dans ce bateau, je crois.

Blade l'aida à embarquer, puis il poussa le bateau dans le léger ressac. Il n'y avait aucune trace des autres. Ils s'étaient évanouis dans la nuit.

Il nagea un moment, en poussant devant lui la légère embarcation, donnant à Juna le temps de s'adapter à l'équilibre précaire. Il se dirigeait vers un point entre les feux de position des navires de droite; sur sa gauche, et bien trop près à son goût, brillait un troisième point lumineux. Il bougeait. Un des bateaux de patrouille avait quitté sa position et s'approchait d'un autre. Pourquoi? Pour lancer un avertissement? Une des embarcations d'osier avait-elle été aperçue ou coulée, ou capturée? Blade vira un peu sur tribord. Juste avant de passer entre les deux navires stationnaires, il se hissa dans le bateau et ramassa la pagaie.

Il se mit à transpirer et à jurer. Un courant assez fort les entraînait vers le plus proche des patrouilleurs, en dépit de tous ses efforts. Il maudit cette coque de noix impossible. Elle n'avait aucun poids, pratiquement pas de tirant d'eau, et la planche comme le gréement rudimentaire la stabilisaient moins qu'il ne l'avait espéré. Et il y avait pire. La marée, sur laquelle il avait beaucoup compté, était presque étale. Dans quelques minutes, elle tournerait et commencerait à les ramener vers la côte.

Baigné de sueur froide, Blade pagayait de toutes ses forces. Ils étaient maintenant si près d'un des navires qu'il entendait l'équipage parler à bord, et voyait des rouleaux de cordage au pied du mât unique où le fanal était accroché.

Ils passèrent juste au-delà du cercle de lumière.

Dès qu'ils se furent éloignés, Blade se remit à l'eau pour nager et pousser. La pagaie tomba par-dessus bord, et la mer l'emporta mais cela ne le chagrina pas. Il espérait qu'Edyrn, ou même un des eunuques, aurait assez de bon sens pour agir comme lui. Son grand corps musclé et ses jambes puissantes propulsaient la petite coque assez rapidement dans la mer calme. Au bout de quelques heures, alors qu'il se reposait, il commença à sentir les effluves de la terre. Ce ne pouvait être que l'odeur de Patmos, car il avait bien suivi la ligne tracée par l'étoile du Lancier. Jamais, dans aucune dimension, il n'avait senti un pareil parfum. L'air était doux comme du velours, et la brise apportait une senteur exquise, celle de millions de plantes luxuriantes en fleurs. Il était impossible d'isoler un seul parfum; il avait l'impression de humer un mélange de roses et de myrrhe, de cannelle et de lilas, de girofle et d'orange, de bois de santal et de jasmin. La brise d'un paradis terrestre.

Blade aspira profondément et vit que Juna faisait de même. Il lui sourit de toutes ses dents.

— Je crois que je vais aimer ton île, si ce parfum est un augure. Il me fera oublier les égouts de Thyrne.

Prudemment, en prenant soin de ne pas trop faire basculer la peu maniable embarcation, il remonta à bord.

— La terre ne doit plus être bien loin, je suppose?

Au même instant une lumière apparut sur un promontoire. Juna tendit le bras.

— Voici le feu qui indique Cybar, notre ville principale. Je crois que nous sommes attendus.

Blade, pagayant avec les mains, fronça les sourcils.

— Comment cela? Ton messager n'est pas arrivé.

La lune, tard levée, s'était couchée tôt. Le jour ne se lèverait pas avant une heure et des nuages légers voilaient la clarté des étoiles. Il distinguait à peine l'ovale blanc de son visage et pourtant il eut l'impression qu'elle souriait.

— Izmia, ma grand-mère, n'est pas folle. Elle a d'autres espions à Thyrne, elle doit déjà savoir ce qui est arrivé, et cette partie de la côte est toujours bien gardée. Surtout maintenant qu'Hectoris est vainqueur... Ses agents doivent grouiller comme les poux sur un mendiant.

Blade aspira de nouveau à pleins poumons. Il était fatigué, il avait faim, il se sentait sale. A Patmos, dans la ville de Cybar, il pourrait sûrement se reposer, se baigner et manger à satiété, profiter d'un répit pendant lequel il aurait l'occasion de réfléchir aux nouvelles tâches et aux dangers qui le guetteraient sûrement. Pour cela, il comptait lourdement sur Juna.

Blade se remit à l'eau, contourna un récif et eut bientôt pied, à deux cents mètres environ d'une crique rocheuse. Ils avaient été aperçus et un groupe d'hommes, des soldats apparemment, descendaient vers la plage aux premières lueurs de l'aube pour les accueillir. Blade marcha vers la côte en tirant le bateau derrière lui. Il distinguait maintenant des archers et des lanciers, une dizaine au moins, sous le commandement d'un officier, massés au pied du grand mât où brillait le phare. Blade hésita un instant, puis il se retourna pour prendre son épée et son ceinturon dans l'embarcation. Ils avaient disparu.

— Où est mon épée, Juna?

Dans le jour naissant, il vit son sourire triomphant. Elle soutint hardiment son regard.

— Va donc le demander aux créatures de la mer. Il y a un moment que je la leur ai donnée.

Et très sournoisement aussi, car il ne l'avait pas vu bouger et n'avait rien entendu. Il retroussa les lèvres et secoua le bateau.

— Tu es trop présomptueuse, *déesse*! Je ne

suis pas ton esclave, ni même de ceux qui croient à ta divinité. En un mot, je ne suis pas un imbécile!

Elle lui rit au nez, d'un rire qui tinta comme des clochettes dans le matin.

— Ah non? Je ne suis pas d'accord. En ce moment, je trouve que tu as vraiment l'air d'un imbécile. Mais ne t'inquiète pas. Ce que je fais, ce que j'ai fait, c'est pour ton bien tout autant que le mien. Ecoute-moi. J'ai envoyé un message par Edyrn, à Kador et Smyr, demandant que l'on nous attende et...

— Ainsi c'était ça, ces messes basses sur la plage! Et qui sont Kador et Smyr, je te prie?

Un cri leur parvint de la plage.

— Juna! Juna, déesse de Thyrne. Nous sommes mandés par le roi et par sa gracieuse sœur la reine, pour t'accueillir à Patmos!

Juna ne répondit pas. Elle se penchait vers Blade et lui murmurait d'une voix pressante :

— Je n'ai pas le temps de te donner de détails. Kador et Smyr sont roi et reine de Patmos, et mes cousins. Edyrn a débarqué et m'a obéi, et nous sommes accueillis par le groupe qu'il faut. Autrement, j'aurais craint pour ta vie, Blade, car les soldats d'Izmia ne sont pas commodes. Et je crains encore pour toi, parce que nous sommes à Patmos, plus à Thyrne ni dans aucun pays que tu connais, et au début tu seras comme un enfant au berceau. Je...

Blade éclata de rire.

— Un enfant au berceau! Ha! s'écria-t-il en désignant la plage. Je n'ai pas besoin d'épée pour tenir tête à cette bande-là! A les voir, un enfant en serait capable. S'il y a du grabuge, mes poings suffiront.

— Vas-tu m'écouter! cria impatiemment Juna en le martelant de ses petits poings. C'est bien ce que je craignais car je connais ton caractère et ta force. Je t'avertis, ne compte pas trop sur elle. Nous sommes à Patmos où les enfants viennent au monde plus experts en intrigue qu'un grand gaillard comme toi le sera jamais. Crois-moi, Blade. Je t'en supplie. Prends patience et maîtrise ton humeur, jusqu'à ce que tu aies vu par toi-même ce qu'il en est. Vois, ils viennent pour nous escorter. Me donnes-tu ta promesse?

Blade ne voulait pas d'ennuis, certainement pas d'effusion de sang, et pour le moment il était désavantagé. Il était impossible de chercher à deviner les mobiles de Juna. Il devrait veiller lui-même à son salut. Malgré tout, en cet instant, il aurait presque abandonné l'espoir de retrouver la Dimension normale en échange de son épée.

Un officier resplendissant — et plutôt efféminé, de l'avis de Blade — fut le premier à atteindre le petit bateau quand il fut tiré sur la plage par les soldats. Il s'inclina devant Juna. Blade eut du mal à réprimer un sourire car jamais, au cours de sa carrière militaire dans la DN ni dans aucune des Dimensions X, il n'avait vu pareil guignol.

L'officier arborait un casque d'argent au panache de plumes multicolores. Ses cheveux tombaient en longues anglaises sur ses épaules et dégageaient un parfum entêtant. La cuirasse était d'or incrustée d'argent et la fine rapière pendant au baudrier enrichi de pierres précieuses ne pouvait être qu'une épée de parade. Il portait un kilt de toile d'or et des jambières d'or poli. Ses chaussures lacées étaient longues et pointues, avec le bout retroussé orné de rosettes de rubans multicolores. Blade se demanda comment l'homme pouvait marcher ainsi chaussé, sans parler de se battre! Mais sûrement, se dit-il en examinant le petit peloton, ces hommes n'avaient jamais livré bataille de leur vie et ne risquaient pas de combattre jamais. Ce devait être uniquement une garde du palais. Blade songea à Hectoris, à la prochaine invasion et se dit que seul Dieu pourrait aider Patmos.

Non, pas même... si la devise sous le serpent disait vrai. *Ais Ister,* J'agis pour Dieu.

Cette pensée fit réfléchir Blade à son propre péril. Lord L l'avait averti que cette fois il le laisserait plus longtemps dans la Dimension X. En fuyant de Thyrne à Patmos, il avait gagné un peu de temps et c'était à peu près tout. Hectoris viendrait, avec Ptol, le prêtre félon, et Blade préférait ne pas songer à son sort si jamais il était capturé vivant.

Les soldats portèrent Juna à terre. L'officier posa une main sur l'épaule de Blade.

— Vous venez avec nous. C'est le désir de la déesse Juna et de notre roi. Quand vous serez prêt, messire.

L'homme se montrait assez poli. Tout cela l'ennuyait visiblement, et il avait mieux à faire.

Il tripota sa moustache blonde et considéra Blade avec indifférence en attendant son bon plaisir. L'escorte, une demi-douzaine de soldats armés de lances enrubannées, avait la même expression d'ennui total. Blade haussa les épaules et se tourna vers Juna. On l'aidait à monter dans un chariot à deux roues traîné par une dizaine d'hommes en pantalon et tunique gris. Ils se tenaient aussi docilement que les chevaux qu'ils remplaçaient, tête basse, regardant le sable scintiller aux premiers rayons du soleil. Des bêtes de somme. Blade comprit alors que Patmos était une société esclavagiste.

Il fit un pas vers le chariot, les poings serrés, mais se maîtrisa.

— J'ai un dernier mot à dire à la déesse, grommela-t-il.

— Certainement, messire, répondit l'officier. Mais si vous pouviez être bref? Le trajet est long jusqu'à la prison et il sera bientôt l'heure de la première musique.

Blade ne comprit pas les derniers mots. Celui de « prison » lui avait suffi. Fronçant les sourcils, il écarta les soldats et s'approcha de Juna.

— Qu'est-ce que cette histoire de prison?

Elle sourit. Le premier soleil transformait ses cheveux en un casque d'or mais révélait aussi des marques de fatigue, des cernes sombres sous les yeux violets. Il la savait au bord de l'épuisement, mais elle demeurait la plus belle femme qu'il avait jamais vue. Si seulement elle n'était pas une telle garce! Ou une déesse. Juna ramena son manteau sur ses seins.

— Ce ne sera pas long, Blade. Aie confiance en moi.

— Confiance? Sûrement pas!

Il était furieux, mais s'efforçait de ne pas élever la voix. Elle leva un doigt et jeta un coup d'œil aux gardes. Dans leurs magnifiques atours, ils paraissaient aussi languides que leur officier. L'un d'eux murmura :

— Nous allons sûrement rater la première musique.

— Ce ne sera pas trop grave, Blade, dit Juna. Va docilement, tu verras. Ouvre les yeux et les oreilles et garde la bouche fermée, si cela t'est possible. Bientôt tu commenceras à comprendre et tu auras les réponses à toutes tes questions. Quant à me faire confiance, que peux-tu faire d'autre?

Elle avait raison. Blade s'inclina avec autant de bonne grâce qu'il le put. Un sous-officier donna un ordre, et les hommes harnachés obéirent et se mirent en marche. Blade les désigna de la tête.

— Qui sont-ils, ces hommes qui servent de chevaux?

— Les Gris? Ne fais pas attention à eux, ils sont sans importance. Ils... Ce ne sont que les Gens Gris.

L'officier, toujours aussi courtois, attendit que le chariot ait disparu dans les dunes de sable blanc avant de toucher légèrement le bras de Blade.

— S'il vous plaît, messire. Nous avons déjà manqué la première musique, et je ne voudrais pas manquer aussi la deuxième. Mes hommes non plus.

Blade le suivit vers un autre chariot plus petit, masqué par les dunes. Six des hommes en gris y étaient attelés. Blade se tourna vers l'officier.

— Des esclaves?

L'homme, qui disait s'appeler Osric, effleura d'un doigt délicat sa moustache parfumée et sourit.

— Il n'y a pas d'esclaves à Patmos, messire. Ce sont des Gris, des mangeurs de *penthe*. Ils sont heureux et ne voudraient échanger leur sort contre aucun autre. Si vous voulez avoir la bonté de monter, nous allons partir.

Blade obéit. Le chariot encadré par l'escorte suivit un chemin aux pavés rouges, qui s'éloignait en ligne droite parmi de vastes champs de fleurs s'étendant à perte de vue. Le parfum était étouffant, le même que Blade avait senti en mer. Les tiges étaient immenses, rappelant celles des tournesols, et chacune portait une douzaine de grandes fleurs de couleurs diverses, bleues, jaunes, rouges, vertes, brunes, violettes, orangées. Blade respira profondément et se sentit vaguement léthargique. Le monde lui parut plus doux, plus tiède, le soleil plus réconfortant que jamais, et il éprouva un immense bien-être tel qu'il n'en avait jamais ressenti au cours de sa tumultueuse existence. Sa crainte de l'avenir s'évapora, son angoisse l'abandonna et il se surprit à sourire largement à l'officier. Osric était un brave type, pensa-t-il. Il avait eu tort de se montrer désagréable. Le gars ne faisait que son devoir, et d'une façon tout à fait courtoise.

Blade lui demanda ce qu'étaient ces fleurs. Osric sourit aussi, caressa sa superbe moustache et désigna des femmes en blouses grises travaillant parmi les massifs.

— Des cueilleuses de *loti*, expliqua-t-il. Des Gens Gris, naturellement, mais seules les jeunes filles ont le droit d'aller aux champs. Le *loti* est écrasé et raffiné et transformé en *penthe*.

— En *penthe*?

Blade respirait moins profondément l'air embaumé. Un soupçon lui était venu. Il avait déjà deviné que Patmos était une société esclavagiste... Etait-ce aussi une civilisation de la drogue?

Osric agita une main languissante, et le chariot s'arrêta. Il fit un signe au sous-officier.

— Vous allez voir par vous-même. Nous sommes au milieu de la première musique et c'est l'heure du *penthe* pour les Gris.

Ce fut alors seulement que Blade prit conscience de la musique, si suave, si subtile, si insidieuse qu'il l'avait prise pour la brise de mer. Maintenant, en tendant l'oreille, il découvrait que c'était bien le vent, un zéphyr léger apportant de la musique qui se fondait avec les merveilleux effluves et endormait les sens.

Dès cet instant, Blade commença à résister. Il comprenait le but des fleurs et de la musique, et leur envoûtement mortel. Et il s'apercevait aussi qu'Osric, en dépit de sa langueur et de son ennui, l'observait attentivement. Pour mieux faire son rapport à Juna, pensa-t-il. Il jugea préférable de jouer les idiots.

— Pourquoi nous arrêtons-nous? Et d'où vient cette musique?

Osric sourit derechef. Il avait certainement reçu l'ordre de répondre aux questions de Blade, jusqu'à un certain point. Lever la main pour désigner l'horizon parut au-dessus de ses forces, mais il y parvint. Blade, suivant la direction de cette main molle, distingua un cône sombre au loin, au-delà des champs de fleurs. Un cône tronqué couronné de neige d'où s'échappait un filet de fumée. Un volcan. Encore en activité.

Blade s'abrita les yeux et contempla longuement la montagne volcanique. Le soleil se reflétait sur la neige dans un scintillement d'or.

— La musique vient de cette montagne?

— Oui. Ne me demandez pas comment, ni pourquoi, seule la Perle connaît le secret, répondit Osric. Mais elle vient sur les ailes du vent, jusqu'à Cybar et dans tout Patmos. Elle ne s'arrête jamais, bien que par moments elle soit plus forte qu'à d'autres, et la légende veut que si la musique s'arrête Patmos cessera d'exister. Mais vous demandiez pourquoi nous nous arrêtions. Voyez donc. Nous sommes au milieu de la première musique, et il est l'heure pour les Gris d'avoir leur deuxième *penthe* de la journée.

Blade regarda un soldat passer parmi les Gens Gris et distribuer des espèces de biscuits enveloppés dans une feuille. Les hommes gris s'en emparèrent avidement et les mangèrent en regardant le sol ou, vaguement, les champs de *loti*. Le chariot repartit.

Une heure environ s'était écoulée quand ils arrivèrent dans la périphérie de Cybar. Blade fut très impressionné. Le plan de cette ville avait été tracé par un génie. Il y avait de larges avenues et des places spacieuses, de longues promenades fleuries ornées de fontaines, des dizaines de petits parcs où des enfants couraient et jouaient. Et de la musique partout, provenant de petits kiosques blancs dans les squares ou aux carrefours, filtrant par des ouvertures des toits pointus. De la musique transmise par un volcan! C'était inimaginable!

Blade sentait de nouveau la somnolence le gagner. Il enfonça dans ses paumes ses ongles sales, se fit mal, et chercha délibérément une raison de se mettre en colère afin de garder la maîtrise de ses sens. Se tournant vers Osric, il lui demanda sur un ton rogue si la prison était encore loin.

— La peau me démange, j'ai grand faim et grand soif, se plaignit-il. Il me faut du linge propre. Si nous n'arrivons pas bientôt à cette prison, je pourrais bien refuser de vous y accompagner.

C'était une menace vaine, et Blade le savait. Osric aussi, mais il ne perdit rien de sa courtoisie. Il désigna une longue colonnade flanquée de myriades de fontaines et de massifs fleuris au bout de laquelle un palais immense brillait au soleil de toute sa blancheur. A la plus haute tour claquait une gigantesque bannière blanche ornée d'une fleur écarlate. Blade reconnut la fleur de *loti*, et son humeur s'assombrit. Cette corolle odorante contre le serpent maléfique! L'issue de l'affrontement ne faisait pas de doute.

— Voici la prison, dit Osric. Je vais vous laisser et vous souhaiter bonne fortune.

— Ça, une prison?

Blade ne pouvait y croire.

— Certes. Une autre des choses qui vous étonneront à Patmos. Notre problème n'est pas de garder des hommes en prison, mais de les empêcher d'y entrer. Une fois qu'ils y ont passé un peu de temps, ils ne veulent plus partir. Mais si vous êtes observateur, et si vous réfléchissez, messire, vous verrez que ce n'est pas un paradoxe.

Le chariot franchit les grilles et pénétra dans une vaste cour. Il y avait partout des fleurs et des fontaines sur des pelouses aussi vertes et lisses que les plus beaux terrains de golf de la Dimension normale. Ça et là, un kiosque à musique émettait les étranges harmonies. Il y avait de nombreux bancs, des tables à jeu, et dans le fond un groupe d'hommes jouaient au ballon. Le complexe de bâtiments était bas et d'une blancheur éblouissante.

Osric sauta à terre. L'escorte s'était arrêtée au portail. Blade chercha autour de lui des gardiens, un personnel de prison et ne vit personne. Il n'aperçut que des Gens Gris, hommes et femmes, qui tondaient des pelouses, taillaient des haies ou transportaient des pots de fleurs. Les prisonniers, ou ce qu'il prenait pour les prisonniers, portaient de courtes jupes blanches et un boléro sans manches. Ils étaient chaussés de sandales rouges. Aucun ne semblait travailler. Osric tendit la main à Blade.

— Vous ne le pensez peut-être pas, messire, mais je suis votre ami. Il me suffit que vous soyez celui de Juna, que je vénère. Et elle est aussi votre amie. Ne l'oubliez pas, messire. Ce sera notre dernier mot en particulier, alors écoutez bien. Vous avez été amené ici sur l'ordre de Juna pour votre protection. Elle ne vous a pas abandonné. Patience, et laissez-la organiser les choses à sa façon. Ce sera tout à votre avantage. Par-dessus tout, vous devez avoir confiance en Juna.

Osric regarda autour de lui, puis se rapprocha de Blade et baissa la voix.

— Juna m'a aimé dans le passé, et m'a repoussé. C'était au temps où je portais des messages à Thyrne. Maintenant tout cela est fini, et je n'ai aucun ressentiment. C'est vous qu'elle veut à présent, et je l'aiderai dans toute la mesure de mes moyens. Mais ce ne sera pas facile.

Blade considéra sombrement l'élégant officier et haussa les épaules. Il n'avait nullement confiance en Juna ni en lui, mais jugea préférable de n'en rien dire.

— En qualité d'ancien amant de la déesse, Osric, je comprends très bien votre désir de m'aider. C'est tellement naturel!

Osric ignora le sarcasme.

— Nous avons un dicton à Patmos. Quand l'amour meurt l'amitié commence. Adieu, messire. Je dois partir maintenant pour vous obtenir une signature. Vous êtes libre d'aller et venir à votre guise.

C'était vrai. Blade sauta du chariot et se promena un moment. Il était sûr qu'il aurait pu sortir et que personne ne l'en aurait empêché. Aussi resta-t-il. Il serait bien temps de partir quand il saurait ce qu'il devait faire.

Il trouva un banc près d'un groupe d'hommes qui jouaient à un jeu semblable aux échecs, sauf que toutes les pièces étaient de pierre noire et représentaient diverses fleurs. Il les regardait depuis moins d'une minute quand il comprit que ces prisonniers en tenue blanche immaculée étaient des mangeurs de *penthe*. C'était évident à leur regard vague, leurs mouvements lents. Oui, ils étaient drogués, soit de leur plein gré, soit parce qu'on leur administrait du *penthe* dans la nourriture. Voilà pourquoi c'était une prison sans barreaux. Ces pauvres gens... leur esprit était captif et il était inutile d'enchaîner leur corps.

Pendant près d'une heure Blade resta assis sur ce banc, en réfléchissant et en observant. Il devina que c'était une prison politique. Les hommes, ses co-détenus, avaient tous l'air d'intellectuels, de pacifistes, et la plupart étaient d'un certain âge. Et, fort probablement, beaucoup avaient oublié la raison de leur incarcération.

Il était plongé dans ses réflexions quand un des Gris vint le chercher. C'était un gros petit homme en tunique et pantalon gris, mais il portait au cou une sorte de chaîne d'huissier et paraissait plus vif que les autres serfs. Il s'inclina profondément.

— Soyez le bienvenu, monseigneur. Je suis venu pour vous servir. Je m'appelle 00610. Si vous voulez bien me suivre, je vous ferai prendre un bain et porter du linge propre. Ensuite un repas et, si vous le désirez, une femme pour vous distraire. Nous avons un grand choix aujourd'hui, monseigneur. Une nouvelle troupe de femmes vient d'être amenée de la campagne.

— Je ne désire aucune femme, grommela Blade en suivant le petit homme dans une allée de gravier. Tu dis que tu t'appelles 00610? Tu n'as pas de nom?

L'homme tourna vers Blade un sourire angélique :

— Oh non, monseigneur! Les Gris n'ont pas de noms. Rien qu'un numéro. Un numéro vaut un nom, monsieur, et c'est beaucoup plus commode. Pour les registres, vous comprenez. Par ici pour le bain, monseigneur.

Blade se baigna dans un bassin chaud et parfumé, puis on lui apporta un uniforme. On dut chercher longtemps avant de trouver une jupe et un boléro à sa taille.

On lui servit un repas somptueux, mais il refusa de manger. Cela navra le petit gros que Blade appelait, pour plus de commodité, 610. La salle à manger était fraîche et spacieuse et les plats tentants, car Blade mourait de faim, mais il ne voulut pas y toucher; 610 tordit ses mains grasses.

— Mais il faut manger, monseigneur! Il le faut! C'est le règlement. Tous les prisonniers doivent manger un repas semblable à leur arrivée.

Blade se mit à rire.

— Tu es le gardien, non? Alors appelle tes collègues et forcez-moi à manger. Pourquoi hésites-tu? Je suis un prisonnier comme les autres.

— Mais je ne peux pas faire ça, monseigneur! La violence est interdite. Notez que ce règlement est superflu, nous n'avons jamais besoin d'user de violence ni de contrainte, jamais...

— Jusqu'à présent, trancha Blade en croisant ses bras massifs. Si tu veux que je mange, tu en auras besoin... Mais je te conseille d'amener au moins une douzaine de tes hommes les plus solides, petit 610, car d'eux aussi tu auras besoin.

Blade marcha résolument vers la porte. Il savait qu'il ne pourrait plus se retenir s'il respirait plus longtemps l'arome de ces plats. *Penthe* ou non, il se jetterait dessus.

En gémissant et en protestant, 610 l'accompagna pour lui montrer sa chambre. Il se disait pour se consoler que dans la soirée Blade aurait encore plus faim et ne présenterait plus un problème. Ils suivirent un long corridor aux fenêtres fleuries.

— Je veux avoir une chambre à moi tout seul, 610. Je suis très fatigué, j'ai besoin de dormir longtemps. Il me faut aussi des ciseaux et un rasoir car je désire à mon réveil me couper les cheveux et me raser la barbe.

— Je vous envoie quelqu'un tout de suite, dit 610 en souriant. Nous avons justement une nouvelle fille qui sait...

— Pas de fille, gronda Blade.

Une femme, dans ces circonstances, serait aussi redoutable que le *penthe*. Pour le moment, il voulait simplement être seul, dormir et, une fois reposé, réfléchir. Chercher comment obtenir une audience de la Perle de Patmos, et songer à ce qu'il lui dirait.

— Vous ne pouvez pas être seul, bougonna 610. Cela aussi, c'est interdit. Tous les nouveaux doivent partager leur chambre avec un autre nouveau. Et même pour vous, monseigneur, je ne puis transgresser cette règle.

610 trottinait à côté de Blade. Soudain il courut pour le précéder et ouvrit une porte qui n'était pas fermée à clef.

Blade considéra l'homme allongé sur un des deux grands lits et n'en crut pas ses yeux. L'homme était presque aussi grand et musclé que lui, il portait le même uniforme blanc et les sandales rouges, il avait été rasé, coiffé, baigné et, la crasse disparue, Blade pouvait voir la multitude de cicatrices. Et le bandeau sur l'œil. L'homme se redressa, vit Blade et poussa un rugissement :

— Par le cul doré de Juna! C'est maître Blade lui-même! Que je m'étouffe avec un des nichons de Juna si je me trompe! Mon maître! Et moi qui vous croyais mort dans cet égout!

Blade sourit, puis il se mit à rire joyeusement. Nob, tout grossier qu'il fût, voleur et assassin sorti du ruisseau, était comme une bouffée d'air frais dans cette atmosphère écœurante de Patmos.

— Nob! cria-t-il. Nob, vieux brigand! C'est

moi qui te croyais mort, je t'ai vu tomber sous les sabots des chevaux, plus soucieux de ton trésor que de ta vie! Sacré Nob, écume de la terre. C'est bon de te revoir!

Il entra pour aller serrer la main du sacripant, non sans avoir surpris le petit sourire satisfait de 610. Ainsi ce n'était pas une coïncidence. On avait intentionnellement réuni Nob et lui. Mais qui? Et pourquoi?

Juna?

Ils se serrèrent la main, et Blade en profita pour réaffirmer sa force et son autorité. Nob ne céda pas aisément, mais il finit par grimacer.

— Assez, mon maître, assez! Vous allez me démolir la patte, et je ne pourrai pas vous servir. Vous êtes le plus fort, je le reconnais.

La porte se referma sans bruit derrière eux. Nob se pencha vers Blade, tout près, en se massant la main, et désigna du regard la boîte à musique près du plafond.

— Attention, chuchota-t-il. Ça paraît innocent et j'aime bien la musique, mais ils s'en servent aussi pour écouter. Je ne sais pas comment ils font, mais les courants d'air leur portent nos voix. On peut chuchoter, tout de même. Ça ne risque trop rien.

Blade hocha la tête. Il regarda Nob au fond de son unique œil gris et vit qu'il était clair, vif et plus malicieux que jamais. On n'avait pas encore gavé Nob de *penthe*.

Nob dut deviner sa pensée, car il souffla :

— Est-ce que vous avez apporté à manger, Blade?

Il se frotta le ventre et jura quand Blade secoua la tête.

— Moi, je pourrais manger...

Et il mentionna Juna de la manière la plus indélicate qui soit.

VII

La chambre de la prison était bien aménagée; il y avait un secrétaire, tout ce qu'il fallait pour écrire, et Blade crut avoir trouvé la solution du problème de communication. Mais Nob lui ôta vite cet espoir.

— J'ai jamais point appris mes lettres, monseigneur. Le vieux Nob n'a jamais eu le temps pour ces fantaisies, il était bien trop occupé à garder son ventre plein.

Blade leva les yeux vers la boîte à musique. Ils ne pouvaient pas chuchoter perpétuellement, cela éveillerait des soupçons. Puis il se rappela que la porte n'était pas verrouillée et maudit sa sottise. Mais aussi, c'était une prison tellement insensée qu'on en perdait la raison. Il poussa Nob vers la porte. Ils n'avaient qu'à se promener dans les jardins, s'ils voulaient converser.

Personne ne tenta de les retenir quand ils sortirent et s'engagèrent entre les pelouses et les massifs fleuris. Dès qu'ils furent loin de toute oreille indiscrète, Blade fit parler Nob.

— J'ai pris un coup de sabot sur la tête, mon

maître, et ça m'a fait passer pour mort, c'est sûr. Et quand je suis revenu à moi, les Samostains étaient tous partis, et j'étais seul sur la place. Vous savez, mon maître, ça m'a fait un drôle d'effet. Vous aviez disparu dans l'égout, et moi j'étais là, tout seul, au milieu des morts!

Blade secoua la tête.

— Tous? Tous les soldats thyrniens sont morts?

— Pour sûr. A moins qu'il y en ait eu qui faisaient le mort comme moi. Mais je ne me suis pas attardé pour voir, que non. J'ai retrouvé quelques bijoux et des pièces d'or, pas tout parce que ces maudits voleurs de Samostains avaient ramassé ce qu'ils avaient pu, et j'ai rampé entre les tas de cadavres et je suis sorti par la porte des remparts et j'ai filé dans les marais. Fallait que je gagne la côte, y avait rien d'autre à faire, pas? J'ai rencontré une petite bande de vauriens comme moi, si on peut dire, et ensemble nous avons atteint la côte en trois jours. Une fois là... Eh bien, mon maître, il y a eu comme un différend sur le partage du butin et des armes que nous avions... euh... acquis, et sur le nombre de gars qui monteraient dans le petit bateau.

— Vous aviez un bateau?

— Plus ou moins, monseigneur. Un des autres savait où il y en avait un qui était caché. Ça devait être un contrebandier.

Nob prit un air si réprobateur que Blade ne put s'empêcher de rire.

— Vous vous êtes donc disputés. Et qu'en est-il advenu?

Nob frotta sa longue mâchoire.

— On pourrait dire, mon maître, qu'il en est advenu que je m'en suis tiré. J'ai essayé de les raisonner, mais y a rien eu à faire. Et à la fin... Ma foi, mon maître, je vous jure que je les ai enterrés bien proprement et que j'ai même dit les prières qu'il fallait! Par le cul de Juna, je le jure.

Blade le crut et n'insista pas.

— Et tu es arrivé à Patmos dans le petit bateau? Mais comment t'es-tu retrouvé en prison?

La figure de Nob s'assombrit.

— Tout droit, j'y suis venu. J'ai pas eu la moindre chance,, monseigneur. La côte grouillait de soldats et de guetteurs. Au début, j'ai voulu me battre, car vous avez vu leurs soldats, mon maître, j'aurais pu en manger un peloton en guise de casse-croûte... ce qui me rappelle. Quand est-ce que vous allez nous trouver quelque chose à manger?

Blade comprit que, s'il avait acquis un bon bras droit et un serviteur, il avait maintenant des responsabilités. Comme ils contournaient une fontaine pour revenir vers la prison, il demanda :

— Pourquoi n'as-tu pas mangé le repas de la prison, Nob?

L'œil unique du sacripant pétilla.

— Pour la même raison que vous, mon maître. Je suis peut-être pas instruit, et ma cervelle ne vaut pas grand-chose mais elle est à moi et pour le moment elle fonctionne. J'ai pas envie qu'on me la démolisse. Ils mettent de ce *penthe* dans l'ordinaire, ici, pour que les gens soient heureux et qu'ils pensent à rien, comme à Thyrne, dans les prisons, ils mettaient des sels dans la soupe pour qu'on soit pas foutu de la redresser. A la fin, c'est du pareil au même, un homme n'est plus un homme.

Ils firent quelques pas en silence, puis ils s'arrêtèrent de nouveau au milieu d'une grande pelouse. Il n'y avait pas de boîte à musique à proximité, pas de détenus ni de Gris. Blade considéra froidement son séide.

— Tu as entendu parler de Ptol, le prêtre?

Nob cracha par terre. La réponse était assez éloquente. Blade sourit et poursuivit :

— J'ai humilié Ptol, je lui ai arraché Juna et je lui ai tranché une main par-dessus le marché. Maintenant il est passé du côté d'Hectoris; il n'a pas dû faire un long chemin pour ça, j'imagine, et la douleur doit l'empêcher de dormir tout autant que son désir de vengeance... Mais, dis-moi, quand tu es arrivé à Patmos dans ton petit bateau, comment se fait-il qu'on t'ait conduit dans la même prison que moi? J'ai l'impression qu'on voulait que nous nous retrouvions ici.

Nob passa une main sur sa figure couturée de cicatrices et regarda Blade d'un air ahuri. Il était évident que cette idée ne lui était pas venue. Finalement il secoua la tête.

— Je ne sais pas, monseigneur. Votre esprit court plus vite que le mien. J'avais cru que c'était le hasard et... ma foi, j'en sais rien.

Blade se rappelait ses diverses conversations, dans les marais salants, avec Edyrn et la petite troupe. Il n'avait guère parlé à Juna, qui gardait ses distances; mais il avait longuement causé avec Edyrn. Et, il le savait maintenant, Edyrn était l'homme de main de Juna.

Il lui avait parlé de Nob, plus pour passer le temps que pour toute autre raison, rendre un peu plus supportables les froides soirées dans le brouillard, les camps de fortune. Sur le moment, cela lui avait paru tout naturel, mais maintenant Blade se maudissait d'avoir raconté ses aventures à Thyrne, comme il l'avait échappé belle, alors qu'Edyrn absorbait tout pour aller le rapporter à Juna.

Il ne lui manquait qu'une confirmation de ses soupçons, et Nob la lui apporta. Il dit qu'un jeune officier ressemblant à Edyrn l'avait interrogé peu après son arrestation.

— Sûr, marmonna Nob en fouillant sa mémoire. Un jeune gaillard petit et trapu, avec des jambes arquées, des yeux bleus et une tignasse blonde. Il avait l'air franc, mais ça ne veut rien dire.

— Comment était-il habillé? Comment se comportait-il? Réfléchis, brigand! Est-ce qu'il commandait? Est-ce qu'il avait de l'autorité, ou bien n'était-ce qu'un messager?

— Alors là, pas de doute, il était au commandement, affirma Nob. L'avait une file de soldats derrière lui. Tenez... c'est bizarre, quand j'y pense...

— Qu'est-ce qu'il y avait de bizarre? Parleras-tu, canaille? Il faut tout t'arracher!

Blade ne doutait pas que ce fût Edyrn que l'homme décrivait. Un Edyrn moins jeune et naïf qu'il ne l'avait paru, ou voulu paraître. Un officier dans l'armée de Patmos. Et totalement inféodé à Juna... peut-être.

— Les soldats! s'exclama Nob. Ils étaient différents, ils avaient l'air de vrais soldats, habillés de vieux cuir et de fer, et ils portaient leurs armes comme s'ils savaient s'en servir. Comment est-ce que ça a pu m'échapper? Des vrais soldats, pas comme ces espèces de mignons que vous avez vus, sinon je ne les aurais pas suivis si facilement.

Blade réfléchit un moment à cela.

— Ils t'ont conduit ici tout droit? A la prison?

— Oui, mon maître. Et en silence aussi. C'était défendu de parler.

— Et ils n'ont pas parlé de moi? Ce jeune officier... Il s'appelle Edyrn... Il ne t'a rien dit de moi? Il n'a pas laissé entendre que j'allais venir te rejoindre en prison?

Nob secoua la tête.

— Point du tout, mon maître. J'ai été assez bien traité, mais on m'a rien dit.

— Comment Edyrn était-il habillé? insista Blade. Quel était son grade? Son rang?

Nob était comme une éponge. Les renseignements étaient là mais il fallait le presser pour les obtenir. Nob se cura le nez d'un air songeur.

— Ouais... y a autre chose qui me revient. Ce gamin d'officier, il était en tenue de combat, en armure comme j'ai dit, et il avait le grade de capitaine de la Garde de la Perle. J'en suis sûr, maintenant, encore que j'avais vu qu'une fois cet uniforme. Sur ses épaules, il avait l'insigne de la Perle noire de Patmos. D'Izmia en personne. Celle qui vit dans le volcan.

Blade leva une main pour faire taire Nob. Tout cela allait trop vite.

— Rentrons dans notre chambre et tâchons de dormir un moment. J'ai l'impression que nous en aurons besoin. Et j'ai aussi l'impression qu'il va bientôt se passer des choses.

— Des choses qui auraient à voir avec la mangeaille, mon maître?

— Je ne sais pas. Et je ne sais pas non plus si ce sera bon ou mauvais, mais je suis sûr que quelque chose se prépare. Viens. Avant de dormir, je veux savoir tout ce que je pourrai sur cette vieille femme que l'on appelle la Perle de Patmos. Elle vit dans un volcan, hein? Est-ce qu'elle est noire?

Ils ne rencontrèrent personne dans les couloirs. La musique, toujours aussi douce et insidieuse, emplissait la chambre d'accents langoureux. Nob désigna de la tête la boîte à musique et grimaça.

— Ça ne s'arrête jamais, monseigneur. Comment est-ce qu'on pourrait les tromper?

Blade indiqua le coin de la pièce.

— Je vais chanter. Tu chuchoteras à mon oreille. Parle-moi de cette vieille dame dont on dit qu'elle vit dans un volcan, la vieille grand-mère de Juna.

Blade se mit à chanter. Le seul air qui lui vint à l'esprit, on ne sait pourquoi, fut une vieille berceuse que lui fredonnait sa nourrice quand il était petit. Il la chanta à tue-tête, très mal et très faux...

Nob le regarda, bouche bée. Blade lui donna un coup de coude, et grommela tout bas avant d'entonner le refrain :

— Parle, animal! Parle-moi de la vieille Izmia.

— Je ne sais pas d'où vous vient votre information, mon maître, répondit Nob dans un chuchotement rauque évoquant le coassement d'un crapaud géant, mais vous avez sûrement écouté un menteur ou un fou. Izmia la Perle est peut-être grand-mère, j'ai pas de raisons d'en douter, mais alors c'est une grand-mère que je ne demanderais pas mieux que d'épouser en rêve. Car ma vérité, monseigneur, c'est qu'Izmia n'a pas d'âge! D'autres prennent de l'âge, pas la Perle! Elle reste jeune tandis que les autres vieillissent et meurent. Quant à sa couleur, on l'appelle noire parce que, je suppose, elle n'est pas précisément blanche. Ni jaune, ni brune, ni verte. Sa peau, à ce qu'on dit, parce que je l'ai jamais vue de mes yeux, est de la couleur de la flamme. Ils disent qu'elle change de couleur comme ce drôle de lézard dont parlent les matelots, encore que ça j'y ai jamais cru. Mais il y a bien une perle noire, d'après la légende, et elle est aussi grosse qu'un chou et elle est tout au fond du bassin du volcan. Elle est là avec l'épée de Patmos, l'épée même de celui qui a fondé cette île au commencement des temps. Mais tout ça, mon maître, c'est juste ce qu'on raconte, pas? Un mythe et une légende, tout juste bons pour...

Un grand tumulte explosa dans le corridor, devant leur chambre. Ils entendirent des cris, des pas précipités, un violent cliquetis d'armes entrechoquées. Des hommes juraient, d'autres hurlaient.

Blade interrompit sa chanson et se tourna vers la porte fermée. Dans le couloir, la bataille continuait et semblait se rapprocher. Il perçut une voix familière qui lançait un ordre :

— Assez tué! Que les autres soient faits prisonniers! Enfermez-les dans une pièce, jusqu'à notre départ. Vite, maintenant... Cette porte là-bas...

Un bruit de galop et la porte s'ouvrit à la volée. Edyrn, en tenue de combat, les perles noires sur les épaulettes, les regarda tous deux. Son épée ruisselait de sang. Il s'inclina cérémonieusement devant Blade.

— Je suis heureux de vous voir sain et sauf, monseigneur, et de vous retrouver. Je suis envoyé pour vous emmener. Si vous êtes prêt? Il n'y a pas de temps à perdre.

Blade s'avança vers le solide jeune homme et lui serra la main en souriant.

— C'est moi qui suis heureux de te revoir, Edyrn. Nous allons, je gage, au volcan pour voir Izmia?

Edyrn s'inclina derechef. Ses yeux bleus étaient toujours aussi francs, mais son sourire hésitant. Son casque d'acier était cabossé et sa cuirasse maculée de sang.

— Nous allons voir la Perle, oui, mais en faisant un long détour. Le cours des choses est allé beaucoup plus vite que prévu, monseigneur, et Patmos est en danger de mort. Un petit détachement de Samostains a débarqué sur nos côtes il y a une heure à peine. Nous devons aller le repousser immédiatement.

Pour une fois, Nob ne trouva rien à dire. Il suivit Blade, que l'on escortait dans le couloir et les jardins. Il y avait du sang, des cadavres partout, et Blade vit avec chagrin que l'un des morts était le capitaine Osric. Il avait péri assez vaillamment, sa belle épée de parade enfoncée dans la gorge d'un des solides soldats d'Edyrn. Tous les autres corps étaient ceux des soldats efféminés que Blade avait tant méprisés.

Edyrn désigna Osric de la pointe de son glaive.

— Un de mes anciens amis, et un homme de valeur, mais il a choisi une autre voie. Il venait vous chercher avec ses hommes, tandis que j'arrivais avec les miens. Il s'en est fallu de peu, monseigneur.

— Les hommes de Juna? Elle a envoyé Osric pour moi? demanda Blade en se souvenant qu'elle avait promis de ne pas l'abandonner.

Edyrn secoua la tête.

— Non. Ce n'est pas elle. Osric l'aimait, il l'a parfois servie, mais il était à la solde du roi et de la reine. Kador et Smyr. Ce sont eux qui ont envoyé Osric s'emparer de vous, seigneur Blade, pas Juna. Il est heureux que je sois arrivé à temps, et que je me sois fait accompagner par des soldats et non des courtisans.

Blade avait le vertige, la tête lui tournait. Plus tard, il ferait le tri de tout cela. Pour le moment, il lui suffisait de sortir au soleil couchant et de respirer de nouveau la brise parfumée. Et de penser à manger. A un repas sans *penthe*.

Edyrn lui tendit une épée et un ceinturon. Blade la soupesa avec joie. C'était un long et large glaive, plus lourd que l'épée que Juna avait jetée à la mer. Il boucla le ceinturon en souriant largement. Il reprenait enfin espoir.

— Nous vous procurerons une armure complète plus tard, dit Edyrn. Maintenant il nous faut gagner la campagne au plus vite. Je n'ai que quelques hommes et une mission à remplir, et je n'ai pas envie de rencontrer d'autres détachements du palais. Au cas où vous ne l'auriez pas encore compris, monseigneur, il y a la guerre civile à Patmos, cette nuit.

Blade ne l'avait pas du tout compris. Une guerre civile? C'était encore une de ces milliers de choses qui échappaient à son entendement, mais il ne laissa rien voir de sa stupéfaction.

— La guerre civile, Edyrn? Qui se bat?

— Le roi et la reine se sont soulevés contre Izmia, la Perle de Patmos. Ils sont sûrs de leur victoire parce que la Perle n'a que sa garde d'honneur pour la protéger. Mais ils ont mal choisi leur heure. Comme je vous l'ai dit, Hectoris a choisi précisément la même pour débarquer ses premières unités.

Blade lui jeta un coup d'œil aigu.

— Tu es certain que c'est une coïncidence? Kador et Smyr ont-ils si mal choisi leur heure? N'est-il pas possible qu'ils aient l'intention de trahir Patmos de l'intérieur? Et que devient Juna dans tout cela? Tu ne me parles pas d'elle, Edyrn. Pourquoi? Lui serait-il arrivé malheur?

— Autant que je sache, Juna est à l'abri dans le palais, en état d'arrestation. Il y a dans cette affaire beaucoup de politique que je ne puis expliquer pour le moment, monseigneur.

Blade hocha la tête et posa une main sur la garde de son épée.

— Tu as raison. Oublions tout et ne pensons qu'à ce détachement de Samostains. Où sont-ils? Quel est leur nombre? Qui les commande? Quelles sont leurs intentions? Avons-nous suffisamment d'hommes pour les repousser?

Edyrn sourit énigmatiquement.

— A certaines de ces questions je puis répondre, à d'autres non. Mais d'abord, monseigneur, vous devez savoir que nous avons eu la chance de faire un prisonnier. Un prisonnier que vous voudrez sûrement interroger.

Blade fronça les sourcils. Sa joie d'avoir échappé à un traquenard s'émoussait, et de nouveau la faim le tenaillait.

— Pas de devinettes, Edyrn! Qui est ce prisonnier? Et pourquoi serait-il important que je le questionne moi-même?

— Son nom est Ptol, monseigneur. Nous l'avons surpris alors qu'il tentait de s'introduire dans Cybar déguisé en Gris.

Blade éclata de rire. Ptol! Par le cul doré de Juna, comme aurait dit Nob! Le gros petit prêtre zézayant en personne. Il avait cherché à pénétrer dans la capitale de Patmos. Sa destination devait être le palais, Blade en était sûr. Pour une nouvelle trahison. Blade se demanda comment il pourrait l'empêcher. Que pourrait-il, avec Edyrn, Nob et une poignée de soldats contre une horde barbare, contre les redoutables combattants d'Hectoris? Blade avait assisté à la chute de Thyrne, il savait de quoi étaient capables les Samostains.

— Où est ce Ptol? demanda-t-il.

Edyrn sourit.

— Non loin d'ici, monseigneur. Près de notre poste de guet. Allons-nous le voir maintenant?

— Je tiens moins à le voir qu'à l'entendre, Edyrn, répliqua sombrement Blade. Il zézaye et il postillonne, mais je crois qu'il aurait bien des choses à nous dire.

Ils marchèrent un moment en silence, entre les champs de *loti*.

— Il est arrogant, monseigneur, dit enfin Edyrn. Il sait que je ne suis qu'un capitaine et il exige constamment d'être conduit devant un officier supérieur.

— Vraiment? Eh bien, nous allons essayer de le satisfaire. Je crois pouvoir arranger ça.

Edyrn alla se placer à la tête de la petite troupe. Blade se laissa distancer, préférant être seul. Nob, en voyant son expression, jugea préférable de le laisser tranquille.

VIII

Blade se réveilla en éprouvant une sensation de chaleur, dans une vaste grotte souterraine où un feu semblait projeter des ombres dansantes. Le sol paraissait trembler, il percevait un sourd grondement lointain et il sentait parfois dans le parfum d'encens une âcre odeur de fumée et de cendre volcanique. C'était certainement un rêve, un cauchemar. Et pourtant...

Une femme surgit de l'ombre et vint se pencher sur lui. Une géante, aussi grande que lui, entièrement nue à part un vague pagne. Ses cheveux étaient d'argent pur, et ses yeux écartés des torches d'ambre luisant dans un visage d'une telle beauté, aux traits si parfaits que Blade fut de plus en plus certain de rêver. Pareille beauté ne pouvait exister dans le monde réel, et n'y existerait jamais. Les yeux fermés, ou presque, il l'observa entre ses cils et vit sa peau scintiller en paraissant changer de couleur tandis qu'elle s'approchait. Il ne parvenait pas à décrire sa couleur ... fauve, basanée, jaune, sombre? Peu importait. Tout cela à la fois, et pourtant aucune de ces couleurs, et quand elle se pencha, quand les seins d'un contour idéal effleurèrent la poitrine de Blade, il crut distinguer un éclat pâle et pendant un instant elle lui parut incandescente.

Il eut alors conscience de la musique — où avait-il déjà entendu cette musique céleste? — et la voix grave de la femme se confondit avec les accents mélodieux quand elle se pencha plus encore.

— Blade? Richard Blade? Es-tu réveillé?

Il garda les yeux fermés et s'efforça de respirer régulièrement. C'était un rêve, rien de plus, mais... Et si une chose folle, impossible, était arrivée et que...

Elle rit tout bas.

— Je crois que tu fais semblant, Blade, mais peu importe. Nous n'avons guère de temps car tu dois te battre et il faut que j'aille bientôt rejoindre mon Destin, mais même si les minutes sont brèves tu peux m'assouvir.

Elle le toucha, et Blade comprit qu'il ne rêvait pas. Mais il ne parvenait pas à rassembler ses idées. Tout se brouillait dans sa tête.

La femme se taisait, maintenant. Elle était absorbée par ce qu'elle faisait. Blade garda les yeux fermés et s'efforça de réfléchir, s'il était possible de réfléchir en subissant de telles caresses!

Elle avait des mains douces, des doigts experts, une bouche brûlante. Elle fredonna une petite chanson, tout en le caressant, en le massant, en le pressant et l'embrassant. Enfin elle le trouva à sa satisfaction et, jetant sur lui une longue jambe fuselée, elle le chevaucha et se laissa retomber sur lui en poussant un léger soupir d'extase. Elle était étroite, serrée, moite, et sa caverne semblait n'avoir pas de fond.

Ce fut un étrange coït, et Blade, un homme qui connaissait bien des mondes et bien des dimensions, devina que jamais plus il ne verrait ni ne connaîtrait pareille femme. Si elle en était une. Sur le moment, il n'en était pas tellement certain. Il savait maintenant qu'il était dans la Dimension X, et tout était possible... Elle pouvait être fée, diablesse, succube, Lilith ou Thaïs, spectre ou sorcière...

Cela s'éternisait. Elle se courba, les seins lourds sur la figure de Blade, s'enfonçant davantage à chaque coup de reins, ses yeux d'ambre ouverts, fous, engloutissant la colonne de chair tandis que ses muscles serraient, aspiraient, étreignaient, pétrissaient pour exprimer tous les sucs de sa virilité au point que Blade dut faire un effort surhumain pour garder le silence.

Lorsqu'elle atteignit enfin son paroxysme de plaisir, la grotte entière parut exploser, trembler et se secouer, et Blade perçut de nouveau le sourd grondement et crut sentir une odeur de soufre. La femme poussa un grand cri et roula sur le sol où elle resta un moment inerte. Il ne pouvait la voir mais il entendait sa respiration oppressée. Alors seulement, l'esprit égaré, il s'aperçut qu'il s'était retenu, qu'il n'avait rien donné de lui-même. Peu importait. Ce n'était qu'un rêve, après tout. Le téléphone allait sonner d'un instant à l'autre, il entendrait la voix de J et...

Non. Il l'entendit s'animer et soupirer. Elle le contempla; ses yeux d'ambre brillèrent dans la pénombre, ses dents blanches scintillèrent. Elle posa une main sur la poitrine de Blade.

— Tu feins de dormir, Richard Blade. C'est bon. Continue. Je t'apporterai le soulagement. Izmia ne triche jamais.

Elle le quitta un moment, et il entendit un tintement de vaisselle ou de métal, un bruit cristallin. Gardant les yeux fermés, il chercha à rassembler ses pensées embrouillées. Izmia...

Elle revint. Blade risqua un regard. Elle portait un petit bol de métal élégamment ciselé, qu'elle posa à côté de lui. Elle l'avait repris dans sa main avant qu'il ait conscience de ce qu'elle faisait. Lorsqu'il eut compris, il lui parut superflu de se débattre. Il n'en avait d'ailleurs nulle envie. Mieux valait savourer le rêve — il se cramponnait obstinément à cette illusion — car bientôt il se réveillerait à la dure réalité.

Elle reprit le bol, ses doigts se crispèrent, le mouvement de sa main se précipita, et ce fut enfin le jaillissement explosif. Blade se tordit et gémit et vit qu'elle avait jugé habilement et n'avait pas perdu une seule goutte. Il se détendit; elle se redressa et alla placer le bol, couvert, sur une corniche de pierre près du feu.

Quand elle revint, elle portait une longue robe violette qui recouvrait ses formes sans les dissimuler. Blade se redressa et regarda au fond des yeux d'ambre.

— Ainsi, tu es Izmia? murmura-t-il.

Elle s'assit sur ses talons à côté de lui, comme une petite fille, mais avec un maintien de reine. Elle inclina gravement la tête.

— Je suis Izmia pour mes amis et pour certaines personnes de mon rang. Pour le peuple de Patmos et pour les Gens Gris, je suis la Perle de Patmos. Certains m'appellent la Perle Noire, bien que ma peau, comme tu le vois, n'ait pas de couleur précise. Nous parlerons plus tard de la vraie perle noire, et de la grande épée que, si tu es celui de légende, tu iras chercher au fond du bassin pour me l'apporter. Mais pour le moment, comment va ta tête? As-tu mal?

Blade s'aperçut qu'en effet sa tête était douloureuse. Il porta une main à son crâne et tâta ses épais cheveux noirs jusqu'à ce que ses doigts découvrent une bosse.

— Aïe!

Izmia l'attira contre elle, nicha sa tête entre ses seins et, écartant sa main, elle lui palpa la nuque.

— On dit que j'ai des doigts qui guérissent, murmura-t-elle. Cela ne peut faire de mal, en tout cas.

Blade, bercé par cette femme altière, se sentait aussi faible qu'un bébé. Il avait envie de se laisser aller, de sombrer dans le sommeil entre ses bras sculpturaux. Mais il résista à la tentation.

— Depuis combien de temps suis-je ici? demanda-t-il. Pendant combien de temps suis-je resté sans connaissance?

— Trois jours.

Il ne put maîtriser un sursaut.

— Trois jours!

— Oui. Tu as pris un coup terrible sur le crâne, à ce que m'ont dit Edyrn et ton serviteur, Nob. Tu as été transporté ici, et tu n'as plus bougé jusqu'à présent.

Blade ne dit rien. Ses idées étaient encore trop confuses.

— Tout ce que tu as ordonné a été fait, reprit-elle. Les Samostains ont pris la fuite à bord de leur navire, après que tu leur aies fait payer cher leur témérité, et ils porteront ton défi à Hectoris. Quant au prisonnier, Ptol, il a été torturé comme tu le désirais et il attend ton bon plaisir.

— Je m'occuperai de lui plus tard.

Torturé? Il s'étonna d'avoir donné un tel ordre; cela ne lui ressemblait pas. Pestant contre son égarement, cette espèce d'amnésie, il se dégagea de l'étreinte d'Izmia et se leva. Il avait les jambes molles, et chancela quand il essaya de faire quelques pas. Assise par terre, Izmia l'observait de ses yeux d'ambre; sa peau luisait comme un feu pâle.

— J'ai faim, dit-il brusquement. En trois jours, un homme peut mourir d'inanition. Et je dois rattraper le temps perdu. Je veux être conduit à mes appartements, que l'on m'apporte un repas, un bain, des vêtements propres. Plus tard, Izmia, je veux que tu m'envoies Edyrn et Nob. Nob d'abord.

Izmia effleura un gong.

— Je te l'envoie tout de suite. Il s'est inquiété pour toi, et n'a cessé de harceler et de lutiner mes servantes. Tu devras l'avertir qu'il est interdit de copuler avec les Grises.

Blade hocha la tête, comme s'il comprenait parfaitement. Une toute jeune fille en blouse grise le conduisit vers une autre caverne plus petite. Elle marchait les yeux baissés, en silence. Blade eut l'impression qu'ils s'enfonçaient de plus en plus profondément sous terre par des passages tortueux aux parois suintantes. A un moment donné il trébucha et plaqua sa main contre un mur. Il la retira vivement en poussant un juron. Le mur était brûlant!

La fille écarta une tapisserie, et Blade entra dans une salle couverte de tapis et de coussins. Dans le fond, il y avait une grande baignoire taillée dans de la pierre noire. De l'eau bouillante jaillissait d'un trou dans le mur. Une espèce de colosse à la mine patibulaire, un bandeau sur l'œil gauche, versait des sels dans la baignoire. Il tourna vers Blade un sourire édenté et s'exclama :

— Ah, mon maître, ça fait plaisir de vous revoir sur pied! La lutte a été chaude, on peut le dire, et le mauvais bougre vous a porté un sacré coup sur la tête avant que je l'embroche proprement! Qui c'est qui vous a amené ici, monseigneur? Une jolie petite souris grise du nom d'Ina?

Blade commençait vaguement à reprendre ses esprits, mais bien des choses lui échappaient encore. Il examina Nob, car il supposait que c'était celui dont Izmia avait parlé. L'homme portait la tenue de cuir et la cuirasse d'acier des fantassins et, sur les épaulettes, l'insigne de la perle noire.

— Izmia me dit qu'il est interdit de copuler avec les femmes grises. Tiens-toi-le pour dit. Et que verses-tu là dans mon bain?

Interdit, Nob le regarda bouche bée.

— C'est rien qu'une potion pour vous faire sentir joli, mon maître. Qu'est-ce que vous croyez? A un tour de magie pour vous priver de votre virilité?

Et de nouveau Nob exhiba ses quelques chicots. Blade hocha la tête et commença à se déshabiller.

— Bon, bon, mais souviens-toi de ce que je te dis, au sujet des femmes.

— Bien sûr, mon maître. Je pensais pas à mal, vous savez, rien qu'un peu de gentillesse pour rire, voyez. Mais cette Ina, faut dire, elle m'a souri, et y en a pas des masses qui sourient au vieux Nob, alors...

— C'est bon, interrompit Blade. Maintenant laisse-moi me baigner et prépare-moi du linge propre. Je te parlerai plus tard. Maintenant va, laisse-moi.

Dans son bain parfumé, Blade sentit ses muscles se détendre. Il s'assoupit un moment, et quand il se réveilla ses idées étaient déjà plus claires. Mais il avait encore de grands trous de mémoire. Il appela Nob pour lui demander de la rafraîchir.

Le vieux soudard parla d'abondance et quand il se tut Blade hocha la tête.

— Cet Hectoris m'a l'air d'un redoutable gaillard. J'aimerais bien le rencontrer.

A cela Nob fut plié en deux par un rire homérique. Il hurlait de rire, il en pleurait, il s'en étranglait. Blade, qui avait retrouvé toute son affection pour le mécréant, ne savait s'il devait rire aussi ou l'injurier. Il ne fit ni l'un ni l'autre et attendit patiemment la fin de la crise.

— Vous le rencontrerez, mon maître, n'ayez crainte. Nous avons mis en fuite son détachement, nous nous sommes emparés de son prêtre favori et par-dessus le marché vous lui avez envoyé un tel message de défi qu'aucun homme ne pourrait le recevoir sans avoir la honte au front. Et Hectoris est orgueilleux, jamais rien ne lui a résisté. Vous avez bien vu ce qui s'est passé à Thyrne quand on a fait connaissance, vous et moi, et...

— Il suffit. Va me chercher Edyrn, demande-lui d'aller m'attendre là où l'on a enfermé Ptol. Dès que possible. Et puis veille à ce qu'Izmia reçoive ce message : je la verrai quand je pourrai, mais je ne puis lui dire quand. Répète ça.

Nob obtempéra. Blade lui sourit et lui donna une claque sur l'épaule.

— Va à tes affaires, maintenant, et j'irai aux miennes. Il faut que je surveille l'exécution de mes ordres, pour sauver notre vie et vaincre ce barbare d'Hectoris.

Nob écarta la tapisserie et se retourna.

— Si vous voulez voir Ptol vivant, mon maître, vous feriez bien de vous dépêcher. Il n'a pas tellement de sang en lui, pour un gros homme comme ça. Et c'est un obstiné. Il n'a encore rien dit d'important.

— Je le ferai parler, assura Blade.

IX

Blade s'étonna de sa propre cruauté. Il savait que le Richard Blade de la Dimension X n'était pas le Blade cultivé, le gentleman de la DN, mais tout de même... Et il s'étonnait aussi de l'idée que les Patmosiens se faisaient de la torture. Ils s'étaient contentés d'enfermer le prêtre obèse dans un cachot et là, après l'avoir fait un peu saigner et touché légèrement avec des fers chauds, ils l'avaient abandonné à Blade.

En le voyant entrer, Ptol recula peureusement. Il gémit et bredouilla, serrant contre son torse gras son moignon recouvert d'un manchon de cuir. Blade, vêtu de cuir noir et de métal, portant un casque d'acier aux armes d'Izmia, lui paraissait gigantesque. Blade dégaina sa longue épée, s'y appuya des deux mains et considéra le prêtre. Puis il poussa de la pointe de son arme le pansement de cuir. Ptol hurla et chercha à rentrer dans le mur.

— Qu'as-tu fait de ta main, prêtre?

Ptol avait maigri. Ses bajoues tremblèrent quand il releva la tête.

— C'est toi qui me le demandes? Toi qui me l'as tranchée?

Blade fit passer la pointe de l'épée sur l'autre main.

— En effet. Et puisque je t'ai pris une main, je ne vois pas pourquoi je te laisserais l'autre. Que dis-tu de ça, prêtre?

Ptol brandit sa main gauche vers Blade.

— Je dis que tu peux la trancher et être maudit! Tue-moi! Juna me vengera!

Blade sourit.

— Tu es mal placé pour parler de Juna, prêtre. Mais garde ta main. Il y a d'autres méthodes. Mais auparavant... Vas-tu parler? Je veux savoir tout ce que tu caches dans ta vilaine petite carcasse. Tout! Les plans d'Hectoris, le nombre de ses hommes et de ses bateaux, ses lieux de débarquement et, surtout, quelle intrigue tu es venu ourdir pour lui au palais.

Une brève lueur passa dans les yeux de Ptol. Blade tourna les talons et sortit en déclarant :

— Je te donne cinq minutes, prêtre.

Il en fallut dix à Blade pour procéder à ses préparatifs. Quand il revint au cachot, Ptol n'était pas plus disposé à parler. A son grand amusement, il lui proposa même un marché.

— Nous devrions être amis. Je suis venu apporter une proposition extrêmement honorable et flatteuse du grand Hectoris. Il a entendu parler de toi et te veut pour ami et compagnon d'armes, zézaya Ptol, puis il considéra amèrement son moignon et ajouta : Je te pardonnerai ça, Blade. Viens chez nous. Patmos est condamnée, et tu ne peux la sauver. Le roi et la reine ont déclaré la guerre à Izmia et se sont réfugiés à Thyrne où Hectoris règne à présent. Ils...

— Et Juna, prêtre?

Ptol commit une erreur. Il sourit d'un air sournois et répondit sur un ton venimeux :

— Elle a été prise en otage, naturellement.

Blade fronça les sourcils.

— Quelle valeur peut-elle avoir comme otage?

Il y avait de la lubricité dans les yeux porcins de Ptol. Il hocha la tête, et un filet de salive coula du coin de sa petite bouche charnue.

— Nous avons beaucoup d'espions, à Patmos comme à Thyrne. Il y en avait un dans le groupe que tu as conduit à travers les marais salants, Blade. Nous avons appris que la déesse Juna, ou Vilja si tu préfères, a beaucoup d'affection pour toi. Et toi pour elle. Le bruit court que vous avez couché ensemble et qu'on vous a vus.

— Mensonge! gronda Blade.

— Nous ne le pensons pas. Mais peu importe. Il y a Izmia, et elle est la grand-mère de Juna. Encore une corde à notre arc. Est-ce qu'elle laisserait écarteler, dépecer et jeter aux chiens sa petite-fille? Car c'est ce qui risque de lui arriver.

Blade se caressa la barbe.

— Tu connais mal Izmia, dit-il. Je crois que c'est justement ce qu'elle ferait. Mais assez parlé. Je t'ai donné ta chance. Emmenez-le, gardes.

Blade savait maintenant qu'il était à l'intérieur d'un volcan en activité. Les secousses, les grondements, les jets d'eau bouillante, les quelques explosions, tout en témoignait. Il ne lui avait pas fallu longtemps pour trouver ce qu'il cherchait.

Quand ils y arrivèrent, l'échafaud et la poulie avaient été installés comme Blade l'avait ordonné. La crevasse était profonde, déchiquetée, et tout au fond, à quelque trente-cinq mètres, la lave en fusion bouillonnait et fumait atrocement. Une chaleur et une odeur âcre montaient de la fournaise. Certains des gardes, des hommes solides arborant la perle noire, parurent hésiter, et Blade dut les pousser de la pointe de son épée. Il indiqua le prêtre.

— Accrochez-le par les pieds, et solidement, puis vous le balancerez au-dessus de la fosse. Vite.

Ptol recula et se mit à gémir.

— Non... Non...

Blade sourit, et ses dents blanches brillèrent dans sa barbe noire.

— Tu es un prêtre. Tu devrais être ravi de cette occasion de voir l'enfer de près, ne serait-ce que pour essayer de l'éviter. Et tu l'éviteras, pour un moment, si tu parles. Eh bien?

Ptol se mit à pleurnicher en secouant la tête. Blade fit un signe à ses hommes.

Le prêtre fut plongé la tête en bas dans la crevasse. Blade pointa son épée sur les gardes qui maniaient le treuil.

— Si vous le laissez tomber, vous le suivrez. Et prenez bien garde. Je ne veux pas qu'il meure. Pas encore.

Lui seul osa aller se pencher sur la fosse. Lui seul put supporter le spectacle de ce magma en fusion qui bouillonnait en dégageant des relents sulfureux. Il ne pensait pas que Ptol résisterait longtemps, aussi leva-t-il bientôt la main. Le prêtre fut hissé hors de la crevasse. On lui jeta un seau d'eau froide sur la tête. Pendant quelques instants, Blade eut peur d'être allé trop loin. Il se pencha, mais le cœur battait toujours.

Quand Ptol ouvrit les yeux, Blade comprit qu'il avait gagné. Le prêtre serait docile. Il était revenu de l'enfer et ne tenait pas à y retourner. Il bredouilla :

— Je... je vais tout dire. Tout!

L'heure n'était pas à la miséricorde ni à la compassion. Blade posa la pointe de son épée sur la gorge de Ptol.

— Attention. Un seul mensonge, rien qu'un — et je le saurai — et cette fois il n'y aura pas de treuil ni de corde pour te hisser.

Il ne laissa pas le temps au prêtre de se ressaisir, de ranimer son courage ou d'inventer des mensonges. Il rassembla aussitôt en conseil tous les officiers. Il invita Izmia, comme il se devait, mais elle ne vint pas, et il en fut heureux. Il se proposait de se servir d'Edyrn comme agent de liaison entre elle et lui.

Le conseil dura plusieurs heures, et Blade n'accorda à personne le moindre répit, à Ptol moins qu'à tout autre. Quand il fut satisfait, et il avait de bonnes raisons de l'être, il ordonna de faire soigner le moignon du prêtre et de le traiter aussi bien que possible, tant qu'il se tiendrait tranquille. Il devait être mis sous bonne garde. Enfin il les congédia tous, à part Edyrn et Nob, qui n'avait pas été convié à la réunion de ses supérieurs mais était venu quand même et s'était tenu près de Blade, avec l'air nerveux et impatient d'un homme qui a quelque chose d'important à annoncer.

Pendant qu'Edyrn rassemblait une masse de parchemins et de plans et les rangeait dans un sac de cuir, Nob attira Blade à l'écart et lui chuchota :

— *Elle* vous prie de venir cette nuit, monseigneur, quand vous aurez fini vos affaires. Elle vous attendra dans la grotte de musique. Elle vous demande de venir seul.

— Et où est cette grotte de musique? Comment vais-je la trouver?

Nob cligna de son œil unique.

— Mon Ina, la petite Grise que vous connaissez, mon maître, elle vous y conduira. J'ai tout arrangé.

Blade sourit et lui dit avant de le congédier :

— Prends garde à ne pas t'attirer d'ennuis. Et ne perds pas de temps. Je t'ai chargé des mendiants et des tire-laine, et tu sais ce que tu as à faire. J'attends des résultats. Si je ne les obtiens pas et si j'apprends que c'est à cause de ton goût pour les femmes, ça ira mal pour toi.

— Pour sûr, mon maître, marmonna précipitamment Nob tandis qu'Edyrn s'approchait avec son sac. Je comprends. Faut pas douter du vieux Nob, c'est toujours le travail avant le plaisir, allez.

— Bon, alors va. Tes mendiants et tes voleurs sont mon seul réseau d'espionnage. Je compte sur eux.

Lorsque Nob fut parti, Edyrn s'inclina et demanda :

— Etes-vous prêt, messire Blade? Je vais vous montrer ce que vous désirez voir.

— Je suis prêt. Tu dis que c'est une longue marche? Cela me va, Edyrn. Nous aurons le temps de causer.

Ils sortirent des souterrains et suivirent un chemin de lave concassée. Au bout d'un moment, Blade se retourna vers le volcan. Il vit un reflet rougeoyant, comme si des flammes s'agitaient dans les entrailles du cratère, et fut certain de distinguer la silhouette d'une grande femme. Il s'arrêta et cligna des yeux, en se demandant si le coup qu'il avait reçu avait affecté sa vue autant que sa mémoire. Il ne voyait plus rien que la sombre masse de la montagne et la lueur cramoisie, il n'entendit que les sourds grondements et les borborygmes de la masse en fusion.

Edyrn lui effleura le bras.

— Nous devons nous hâter, monseigneur. Il y a beaucoup à faire et peu de temps...

Blade leva le bras.

— Il m'a semblé voir...

— Vous ne vous êtes pas trompé, monseigneur. C'était Izmia, la Perle. Ma grand-mère. Elle va souvent méditer au bord du cratère. Car son Destin est dans le feu et bientôt elle doit aller le rejoindre.

Blade s'étonna et dévisagea Edyrn.

— Juna et toi, vous êtes le frère et la sœur?

— Oui, messire Blade. Par un autre héros venu on ne sait d'où, comme vous, et qui a disparu comme vous allez disparaître. Repartons-nous, monseigneur?

Ils débouchèrent sur la plaine et longèrent les champs de *loti* odorants. Devant eux se dressait une haute charpente, une tour anguleuse soutenue par trois pieds. Les champs étaient déserts.

— Toutes les provisions de *penthe* ont été détruites suivant vos instructions, monseigneur. Les Gens Gris ont été mis au travail, pour construire des fortifications et creuser des tranchées, tous ceux qui en sont capables après le manque.

— Comment cela s'est-il passé, Edyrn?

— Mal, au début. Il y a eu des émeutes, des meurtres, pas mal de cas de folie. Cybar a été détruite par les flammes.

— Dommage, murmura Blade. C'était une belle ville.

Edyrn le regarda avec étonnement.

— Mais vous avez ordonné vous-même qu'on y mette le feu, monseigneur.

— Oui, la politique de la terre brûlée. Dommage quand même.

La tour avait près de cent mètres de haut. Un groupe de Gris actionnaient un treuil avec un panier, et Blade fut hissé au sommet avec Edyrn. En montant, Blade demanda :

— Et les chevaux, petit? Nous allons en avoir grand besoin.

— Il n'y a pas de chevaux à Patmos, monseigneur. Il n'y en a jamais eu. Nous ne les avons jamais jugés nécessaires.

— Eh bien, Patmos en a besoin maintenant.

Ils approchaient du sommet de la tour.

— Hectoris a des chevaux, dit Edyrn. Des milliers, dans ses navires de transport qui sont mouillés au large, en ce moment même.

Blade caressa sa barbe et sourit.

— Oui, j'ai eu cette même idée.

Il y avait une grande pièce unique en haut de la tour, entièrement vitrée, avec des tables et des chaises. Edyrn alla à la plus grande des tables pour y étaler ses cartes et ses documents. Blade fit le tour de la salle. De ce poste d'observation il pouvait voir toute l'île. Il fut surpris car il n'avait pas imaginé que Patmos était si petite. Sur sa droite, il aperçut le cône fumant du volcan et un sentier qu'il ne connaissait pas, menant jusqu'au bord du cratère et se terminant par une plate-forme de pierre. Il frémit, car il devinait subconsciemment à quoi devait servir cette plate-forme.

Il retourna auprès d'Edyrn.

— Combien de vrais soldats avons-nous?

Edyrn soupira.

— Rien que la Garde de la Perle, monseigneur, que je commande. Les soldats de bois de Kador et Smyr ne sont bons à rien, et d'ailleurs presque tous ont fui Patmos. Les Gris, même sans *penthe*, ne sont que du bétail et ne peuvent être utilisés que comme bêtes de somme. Et votre homme, Nob, a un petit ramassis de vauriens et de brigands, mais...

— Ne t'occupe pas de ça! Combien d'hommes?

Edyrn consulta un document.

— Mille et trois, monseigneur. En me comptant moi-même.

Blade se détourna pour que le jeune homme ne puisse voir son expression. C'était une bien piètre armée pour affronter Hectoris le barbare, ses lanciers et ses archers, sa cavalerie, ses catapultes et ses béliers. On ne pouvait même pas appeler cela une armée, et Blade savait que Patmos était perdue, et lui aussi, à moins qu'il ne puisse forcer Hectoris à un combat singulier, et le tuer. Cela avait toujours été son idée, et il y réfléchit de nouveau; il ne voyait pas très bien comment elle pourrait être mise à exécution. Hectoris était tout sauf un imbécile. Blade laissa ce problème de côté pour le moment. Le moment venu, il trouverait sûrement un moyen.

Il avait un grand avantage : il connaissait les plans des Samostains. A moins que Ptol ait menti, et Blade ne le pensait pas. Il avait une chance, une toute petite chance de parvenir à contraindre Hectoris à la confrontation, à lui jeter le gant, à pousser le chef des Samostains dans une position d'où il ne pourrait se retirer sans faillir à l'honneur. Mais tout cela devrait attendre. Il y avait des choses plus pressantes.

Edyrn vint le rejoindre. Blade, comprenant que le garçon avait deviné la vérité, savait qu'il avait encore les idées confuses et des trous de mémoire mais préférait n'en rien dire, garda le silence et l'écouta lui expliquer tout ce qui avait été fait.

— Vos ordres, monseigneur, ont été obéis à la lettre. Les Gris, et tous les autres que nous avons pu rassembler, travaillent aux fortifications et dressent sur la côte des barricades et des pièges pour la cavalerie. La plupart sont factices, occupés par des mannequins comme vous l'avez ordonné. Les Gris qui sont capables de se battre ont été armés de sabres et de lances de bois, car nous n'avons pas assez d'armes, et nous leur faisons effectuer des marches et des contremarches pour donner l'impression d'un grand nombre de soldats. Nous guettons les espions, les arrêtons mais ne les tuons pas, nous les traitons bien, nous les interrogeons et cherchons à les gagner à notre cause. En cela, nous avons eu de nombreuses réussites car Hectoris n'est pas aimé. J'ai posté de petites unités de la Garde autour de l'île, monseigneur, mais le gros des forces reste en réserve près du volcan.

Edyrn tendit le bras et montra un camp assez vaste, disposé en rectangle, qui évoquait un peu ceux des légions romaines.

Ensuite, Edyrn montra à Blade un endroit sur la carte, et puis sa contrepartie à l'horizon crépusculaire.

— La Rade du Nord, monseigneur. Les navires éclaireurs samostains s'en approchent en ce moment. A l'aube, Hectoris sera prêt à débarquer en force. Tout a été fait qui peut l'être, messire Blade, et vos ordres mis à exécution. Et maintenant?

Blade lui donna de nouveaux ordres, brefs et concis, puis il partit pour son rendez-vous avec Izmia.

X

Nob, tout en préparant le bain de Blade et du linge propre, n'arrêtait pas de parler.

— Les Samostains débarqueront à l'aube dans la Rade du Nord, mon maître. J'ai reçu une vingtaine de rapports de mes mendiants, et ils disent tous la même chose.

Blade se plongea dans l'eau parfumée.

— Ce n'est pas une nouvelle, ça. Tu n'as rien de plus récent à rapporter?

Nob exhiba ses chicots.

— Sûr. Hectoris a débarqué une centaine de fantassins et une centaine de cavaliers près du port de Cybar, mais c'est seulement une feinte, un détachement d'éclaireurs. Ils marchent par ici.

— C'est mieux, reconnut Blade. Nous les laisserons avancer un peu et puis nous verrons. Ce sera ta mission, Nob. J'ai déjà donné des ordres. En me quittant, tu iras trouver Edyrn et il te confiera le commandement d'un peloton de la Garde. Ecoute bien, car voici exactement ce que je veux que tu fasses...

Ina, la jeune Grise, conduisit Blade de plus en plus profondément dans les entrailles du volcan. Le souterrain semblait ne jamais devoir finir. Au début, il y faisait très chaud, et Blade transpirait, puis l'air devint frais, froid même et il grelotta. La fille ne disait rien.

Ils débouchèrent enfin dans une vaste salle, et Blade entendit de nouveau la musique. Sensuelle, douce, étrange. Il était maintenant au cœur même de la musique. Elle n'était pas forte, il l'entendait à peine, et pourtant elle lui emplissait le cerveau. La fille le quitta sans un mot, et il avança dans un dédale scintillant ressemblant à d'immenses toiles d'araignées s'étirant du sol au plafond de la salle souterraine. Il toucha un des fils brillants et il en émana une note grêle et plaintive. Au toucher, le fil ressemblait à du caoutchouc ou du plastique. Blade sentait aussi l'air se déplaçant en flot constant dans la caverne. De l'air qui frôlait les millions de fils de la Vierge, et produisait la musique.

C'était là le secret. Toute l'île de Patmos était un volcan géant. Elle était percée de tubes, de tuyaux volcaniques, par centaines, par lesquels la musique se diffusait dans toutes les parties de l'île.

— BLADE!

La voix d'Izmia. Il ne la voyait pas, et pourtant la voix venait du fond de la salle, devant lui. Il avança entre les fils, les cordes de harpe vibrantes et chantantes. Il y avait un passage, assez visible quand on en approchait, et il s'y engagea comme Thésée dans le labyrinthe.

— BLADE!

Tout près, maintenant. Il s'arrêta au cœur de ce chant de sirènes et regarda autour de lui. La musique l'enveloppait.

— BLADE!

Il distingua une lueur et s'y dirigea. Quittant les harpes éoliennes géantes, il pénétra dans une salle plus petite. Au centre se dressait un immense catafalque entièrement drapé de noir. Izmia y était allongée, son corps nu brillant et changeant de couleur sous les yeux de Blade. Ses cheveux d'argent recouvraient ses seins et sur son ventre plat un objet luisait. Il reconnut le bol de métal dans lequel elle avait recueilli sa semence.

Iznia parla de nouveau, plus bas. Un seul mot.

— Blade.

Il s'arrêta et la contempla, les poings sur les hanches, le front un peu plissé.

— Je suis là, Perle de Patmos. Comme tu l'as ordonné. Et je vais te dire la vérité sur la situation telle qu'elle est en ce moment à Patmos. Ton île est perdue à moins que je ne puisse affronter Hectoris en combat singulier et... tout dépendra de cela... le vaincre et le tuer!

Izmia leva une main.

— Je ne t'ai pas mandé pour entendre parler de cela. Ce n'est plus de mon ressort.

Blade réprima un sursaut.

— Non? C'est du ressort de qui, alors?

Les yeux d'or se plissèrent.

— De toi, Blade. Tout repose entre tes mains. Et dans les mains et le corps de Juna, si tu peux la sauver et l'amener ici en ce lieu pour lui remettre son héritage.

Izmia tendit une main.

— Tu trouveras un calice dans le cabinet que voici. Et un flacon de vin. Apporte-les-moi.

Blade obéit. Quand il revint, Izmia était debout sur le catafalque et tenait le bol de métal entre ses deux mains, au-dessus de sa tête. Blade posa le calice et le vin à ses pieds et recula pour admirer son merveilleux corps nu. Un désir violent le tenailla soudain. Une chaleur se répandit dans ses lombes.

Izmia baissa les yeux vers lui, sourit et secoua la tête.

— Non, Blade. C'est fini pour nous. C'est l'heure de mon Destin et je dois l'affronter. Je quitte cette vie, et tu en amèneras une autre pour prendre ma place.

Juna? Et comment arracherait-il Juna à Hectoris?

Izmia versait maintenant une poudre dans le bol de métal. Elle prit un petit ustensile et gratta, tourna, écrasa, se servant de cette spatule comme d'un pilon dans un mortier de pharmacien. Sa chair frémissait, ses grands seins fermes tremblaient à chacun de ses mouvements. Un parfum aromatique monta du bol aux narines de Blade.

Izmia tendit la main.

— Le vin.

Elle en versa dans le calice et continua de tourner la mixture. Il y eut un petit bouillonnement et un peu de fumée ou de vapeur s'éleva du bol. Izmia l'offrit à Blade.

— Bois.

Il but. Sans protester. C'était la Dimension X, et tout était comme cela devait être. Blade savait que ce qu'il faisait était bien. Izmia n'agissait pas en vain.

Elle se rallongea sur le catafalque et tendit les bras à Blade.

— Maintenant, viens te coucher près de moi, et tu sauras.

Blade avança comme dans un rêve; la potion l'arrachait à la réalité, estompait vaguement les choses, provoquait en lui un profond contentement et le désir de plaire à Izmia, de faire tout ce qu'elle demandait.

Izmia le prit dans ses bras comme un enfant. Son corps était à la fois frais et tiède, et elle nicha la tête de Blade entre ses seins nus, en lui murmurant ce qu'il devait faire. Il écouta, à demi somnolent, et comprit, et sut que cela devait être ainsi.

Quand elle eut tout dit, Izmia le serra encore un moment entre ses bras. Elle l'embrassa sur la bouche et pendant une seconde le feu de la vie revint dans les yeux d'or, puis il disparut, et leur regard se ternit à nouveau.

— Viens, maintenant, souffla-t-elle. Il est temps.

Elle le prit par la main et le mena dans une autre salle. Elle était petite, froide, humide. Au centre un bassin sombre luisait comme un œil maléfique. L'eau noire, aussi lisse qu'un velours tendu, promettait des profondeurs d'encre glacées qui firent frissonner Blade. Et cependant, il n'avait pas peur. Cela devait être accompli.

Sans un mot, Izmia regarda Blade se défaire de sa cuirasse, de son ceinturon, de sa lourde épée. Quand il se tint entièrement nu au bord du bassin, elle vint à lui et le caressa, légèrement, ici et là, en souriant tristement mais avec une infinie tendresse. Il comprit que c'était là son véritable adieu. Ses mains s'attardèrent encore un moment puis elle recula et désigna le bassin.

— Va, Blade, Je t'ai tout expliqué. Tu as une chance. Tu triompheras ou tu périras.

Dans l'obscurité de la petite caverne, son corps brillait comme les éclairs d'un orage d'été. Blade la contempla longuement, remplit d'air ses poumons et plongea dans l'eau noire.

Il s'enfonça dans de la glace ténébreuse. Il avait les yeux ouverts, en vain car l'obscurité était totale. C'était un lieu qui n'avait jamais connu la lumière, étroit, à peine plus qu'un puits, et par moments il frôlait les parois de pierre glaciales.

Blade plongea, plongea, de plus en plus profondément. Il n'y avait pas de fond. Il sentit dans ses poumons les premières douleurs légères. La pression était une main sombre qui l'écrasait. En bas, plus bas, toujours plus bas...

Pas de fond. Jamais. Il plongeait dans l'éternité.

La douleur plus vive. Les poumons en feu. Bientôt ce serait intolérable. Et il plongeait toujours. Encore plus bas...

Le fond.

Ses mains tâtonnantes les découvrirent immédiatement. L'épée et la perle. Exactement comme Izmia l'avait dit... qui l'attendaient depuis les siècles des siècles.

La perle était de la taille d'une bille de billard et emplissait sa paume de sa convexité glacée. L'épée était longue et incroyablement lourde. Blade s'en empara, se retourna, et d'un coup de pied se propulsa vers le haut. Droit dans les tentacules gluants!

Izmia ne l'avait pas averti de cette chose, quelle qu'elle fût, qui l'enserrait à présent. Serpent, ver monstrueux, dragon aquatique, ses anneaux le maintenaient fermement et se multipliaient et se resserraient. Plus Blade se débattait, plus il luttait, plus il était ligoté. Ses poumons, déjà douloureusement privés d'air, commencèrent à se compresser sous la terrible pression de cette créature.

Pendant un moment, la panique s'empara de lui. La peur hurlait et frémissait en lui. Non pas tant la peur de la mort, ou de la douleur, que de l'inconnu, de cette monstrueuse bête qu'il ne pouvait voir, de cette gigantesque pieuvre de cauchemar qui se collait à lui, le suçait, l'entourait, l'écrasait. Ses bras étaient collés contre son corps, il ne pouvait dégainer l'épée, la terreur le rendait fou.

Un des anneaux épais et visqueux glissa sur sa bouche. Blade, sans réfléchir, sachant que c'était son unique chance de salut, enfonça ses dents solides dans la chair caoutchouteuse et mordit de toutes ses forces. Il mordit et déchira et mâchonna comme un loup dévorant.

Dans sa bouche, la chair avait un goût amer et répugnant, nauséabond, mais il sentit la chose frémir, et les anneaux se desserrer un peu. Blade, bien près d'être lui-même une créature de cauchemar, continua de mordre.

Les anneaux se déroulèrent. Il jaillit vers la surface, serrant contre lui l'épée et la perle.

Izmia n'était plus là. Blade savait qu'elle n'y serait pas. Elle lui avait tout expliqué. Il se traîna hors du bassin et respira à grands coups pendant quelques minutes, puis il se releva et se rhabilla. Il revêtit sa cuirasse, boucla son ceinturon. Il n'avait aucune raison de se hâter. Izmia attendrait.

Quand il fut tout à fait remis, il examina l'épée et la perle. L'arme était longue et large, glissée dans un fourreau scintillant de pierreries, et quand il l'en retira l'acier brilla comme s'il sortait de la forge. Blade posa la pointe sur le sol et il écarta l'épée de lui. La garde arrivait à la hauteur de son menton.

La perle était aussi noire que le bassin d'où elle venait. Elle luisait d'un éclat sombre. Blade la caressa du bout des doigts et il lui sembla qu'elle palpitait et s'animait, captant la chaleur de son corps pour briller et réagir et presque respirer. Il la soupesa, en regrettant l'usage qu'il devrait en faire. Il savait qu'il ne la verrait plus jamais, ni aucune perle semblable dans aucune dimension. Il considéra une dernière fois la longue épée et la perle, puis il soupira et retourna dans la grande salle souterraine où Izmia l'attendait sur son catafalque.

Elle dormait. Blade contempla sa resplendissante nudité, en redoutant ce qu'il avait à faire. Mais il avait juré; cela devait être accompli. Il alla déposer la perle dans le cabinet à côté du calice et du flacon de vin, puis il revint vers Izmia.

Sa chair était de flamme, les seins merveilleux se soulevaient doucement au rythme de sa respiration. Au repos, ses traits semblaient plus creux, plus pincés, et la peau était devenue si translucide que Blade aurait juré qu'il pouvait voir le crâne. Lentement, il souleva l'épée.

La drogue agissait puissamment, exaspérait sa volonté au lieu de la saper, le poussait à une lente détermination un peu floue. Il devait accomplir exactement les gestes, comme il en avait reçu l'ordre. Sa main ne trembla pas quand il frôla le sein gauche pour chercher l'emplacement exact où se placerait la pointe de l'épée.

Il sauta sur le catafalque et enjamba Izmia. Au même instant les yeux d'or s'ouvrirent et le contemplèrent. Blade plongea son regard dans un volcan où tournoyaient des paillettes d'ambre. Il posa la pointe avec délicatesse au bord du sein gauche, saisit la poignée à deux mains et poussa de toutes ses forces.

Izmia s'arqua et poussa un seul grand cri. Son corps se tordit, embrassant la lame comme si c'était un phallus d'acier et qu'elle fût prise d'un désir de mort dément. Blade, rendu impassible par la drogue, enfonça l'épée, transperça le corps, la plongea dans le catafalque au-dessous. Plus bas, toujours plus bas, et finalement la garde reposa sur le sein.

Il avait la figure tout contre celle d'Izmia et il vit le commencement de la transformation. Elle avait les yeux fermés et il vit la paix, le calme, la tranquillité se répandre sur son visage. Et puis les lèvres se retroussèrent sur les dents, la peau cessa de scintiller et devint d'un gris terne.

Blade arracha l'épée et sauta du catafalque. Pris dans les rets de la drogue, il regarda Izmia vieillir sous ses yeux. Elle avait été — elle l'avait chuchoté — une vieille, très vieille femme, et maintenant sa chair, délivrée de la magie qui la tenait en servitude, proclamait enfin la vérité. Cela ne dura pas longtemps.

Quand le corps qui avait été Izmia ne fut plus qu'un petit sac d'os et de peau flétrie, Blade le souleva entre ses bras et sortit de la salle. Il trouva une porte là où elle le lui avait indiqué et suivit le sentier préparé pour lui. Il marcha sans se hâter ni s'attarder et quelques minutes plus tard il parvint à la plateforme de pierre dominant le gouffre du volcan. S'il avait fait jour, il aurait pu voir la salle de la tour où Edyrn et lui avaient projeté leur bataille, et d'où il avait vu cette plateforme pour la première fois. Il s'approcha du bord et son regard plongea au fond du cratère sulfureux. Une vapeur nauséabonde monta vers lui, qui l'étouffa et l'aveugla à demi. Dans les profondeurs une langue de flamme bondit comme pour un signal et retomba.

Blade souleva le corps, aussi léger qu'une

plume à présent, et le projeta dans le cratère. Une autre flamme s'en empara, de la fumée tournoya et Blade leva une main en guise d'adieu.

Il redescendit par où il était venu. Quand il sortit de la Grotte de Musique sa tête commença à se dégager, les effets de la drogue s'estompèrent, et s'il se rappelait parfaitement tout ce qui s'était passé, il n'éprouvait ni douleur ni regret, mais plutôt le sentiment du devoir accompli.

Il gagna sa propre chambre souterraine, se jeta sur le lit et dormit comme un enfant. Quand Nob le réveilla, une demi-heure avant l'aube, Blade se sentit reposé, sûr de lui, prêt à tout ce que la journée pourrait lui réserver. Il s'assit sur le bord de son lit, se frotta les yeux et sourit au vieux sacripant borgne.

Nob lui tendit un bol de bouillon fumant et lui annonça que la contre-offensive s'était bien passée.

— Une douzaine de chevaux capturés, mon maître, et une cinquantaine de Samostains tués. Nous n'avons perdu que vingt soldats de la Garde. Nous avons fait plus de cent prisonniers, mais je leur ai transmis votre message et je les ai libérés comme vous l'avez ordonné. Ils vont retourner vers les plages et ils feront passer la consigne. J'en suis certain.

Blade avala son bouillon et fit signe à Nob de lui apporter sa cuirasse.

— C'est bien, jusqu'à présent. Mais ça ne suffit pas. Toute l'armée samostaine doit être au courant du défi. As-tu mis au travail tes mendiants et tes voleurs?

— Sûr, mon maître, et j'ai fabriqué des porte-voix avec du parchemin comme vous me l'avez expliqué, et mes vauriens sont tous là sur les plages, sur les falaises, partout, qui hurlent vos paroles à tous ceux qui pourraient débarquer. Faut dire, mon maître, ajouta Nob en se grattant la barbe, qu'au début j'étais pas trop d'accord, vu que j'avais jamais connu une bataille qui se gagnait avec des mots, mais maintenant j'ai dans l'idée que ça pourrait marcher. C'est rusé, y a pas, j'ai été soldat et je sais bien qu'un soldat n'a pas envie de mourir à moins d'y être obligé. Oui, ça devrait marcher.

Blade hocha lentement la tête.

— Nous verrons. Si Hectoris est aussi vaniteux, aussi fier et aussi courageux qu'on le dit, alors oui, ça devrait marcher. Mais tu vois, Nob, il y a de l'ironie là-dedans. Si Hectoris est un lâche, nous sommes perdus.

XI

Le jour se leva alors que Blade chevauchait vers le nord. Un soleil sanglant voilé de brume annonçait la tempête. Nob, à gauche de Blade qui avait Edyrn à sa droite, leva vers l'est son œil unique et grommela :

— Un soleil comme ça, mon maître, ça ne veut dire qu'une chose, une sacrée bourrasque avant la nuit. Et les tempêtes sont terribles à Patmos. J'en ai subi une ou deux et je peux vous le dire.

Edyrn se tourna vers Blade et le confirma.

— Il se peut qu'une tempête, si elle vient, travaille pour nous. Si la flotte samostaine est divisée et poussée à la côte en désordre, la Garde pourra probablement tenir tête aux envahisseurs.

Blade ne dit rien. Il était tout prêt à accueillir une tempête avec joie, mais seulement après avoir affronté Hectoris. Il ne servait à rien de tuer les petits serpents si on laissait s'échapper le gros.

Il montait un superbe étalon noir ferré de bronze et caparaçonné d'écarlate. Nob lui-même avait tué l'officier à qui il appartenait et avait immédiatement mis la monture de côté pour Blade. Edyrn avait un gris pommelé, et Nob une jument d'une taille impressionnante. Les autres chevaux capturés avaient été partagés entre les officiers de la Garde.

A trois kilomètres au sud de la rade le terrain commença à descendre vers la mer. Il n'y avait là ni falaises ni obstacles naturels mais une sorte de cuvette aboutissant à de longues plages de sable fin. C'était un lieu idéal pour un débarquement, et Blade l'avait volontairement laissé sans défense, en calculant que ses autres fortifications, réelles ou factices, feraient suffisamment impression pour que l'assaut se porte sur la Rade du Nord. La baie, avec ses plages magnifiques, était le chenal qu'il avait choisi pour y attirer les Samostains. Il était vrai qu'il n'avait pas prévu la tempête, et que la rade offrirait à la flotte d'invasion plus de protection qu'il n'aurait voulu lui offrir, mais on ne pouvait pas tout avoir. Quoi qu'il en soit, cela n'avait pas grande importance. S'il ne pouvait pas provoquer Hectoris en combat singulier, aucune tempête, rien au monde ne sauverait Patmos.

Nob n'avait qu'un œil mais la vue perçante. Il indiqua un nuage de poussière à l'horizon.

— De la cavalerie, mon maître. Ils ont débarqué une nouvelle unité.

Blade leva le bras, et la colonne fit halte. Il avait emmené un tiers de ses réserves du camp près du volcan, et les soldats se déployaient derrière lui en colonne par quatre sur près d'un kilomètre. Il cligna des yeux vers les assaillants.

— Combien en comptes-tu, Nob? demanda-t-il.

Ce fut Edyrn qui répondit :

— Une centaine de cavaliers, monseigneur. Et ils nous ont vus.

Blade hocha la tête et donna des ordres. Quatre des officiers montés galopèrent vers l'arrière le long de la colonne. Les autres, avec Nob et Edyrn, se groupèrent autour de Blade. L'étalon noir, sentant le combat, se mit à piaffer nerveusement. Blade le calma d'une pression des genoux et d'une main sur l'encolure, et dit à Nob :

— Ils vont passer à l'attaque. Il fallait s'y attendre. Si nous nous comportons bien, nous leur imposerons le respect. Mais tu vas t'esquiver et aller voir ce qui se passe sur les plages de la rade. Vois comment progresse notre guerre des mots, car si nous voulons avoir une chance de gagner il nous faudra atteindre les plages avant qu'Hectoris débarque en force. Pars immédiatement.

Nob fronça les sourcils et protesta.

— A vos ordres, mon maître, seulement si je pars maintenant je vais manquer la bataille!

— Va, te dis-je! A l'instant!

Nob grommela mais partit au galop sur la gauche à l'abri d'une ondulation de terrain. Blade fit pivoter son cheval et ordonna :

— Formons le carré. Ils seront bientôt sur nous.

Les soldats de la Garde se déployèrent sur

les deux flancs, et se disposèrent en carré, en laissant le centre libre. Les rangs s'écartèrent pour laisser Blade et ses officiers y pénétrer, puis se resserrèrent. Blade sauta sur sa selle, debout, pour examiner la formation. Il hocha la tête avec satisfaction.

Les soldats étaient placés sur trois rangs; d'abord des hommes, un genou en terre, armés de longues piques, puis des lanciers et, derrière eux, des archers. En plus de leurs armes particulières ils portaient tous une épée et une dague. A l'intérieur du carré, près de Blade et de ses officiers, un petit groupe de frondeurs comptaient déjà leurs munitions, des pierres volcaniques aux arêtes aiguës.

La cavalerie samostaine se déploya en croissant devant le carré de Blade. Des trompettes sonnèrent, des bannières claquèrent au vent mais elle ne passa pas à l'attaque.

— Ils veulent parlementer, dit soudain Edyrn. Voici venir Lycus, leur commandant. Je le connais. Un homme cruel et un guerrier habile. Allons-nous ordonner aux archers et aux frondeurs de déclencher le tir? Si nous tuons Lycus, ils nous laisseront peut-être tranquilles.

Blade secoua la tête.

— Non. Je ne veux pas qu'ils nous laissent tranquilles. Je dois voir comment notre Garde se bat, et c'est l'occasion ou jamais. Et ce Lycus peut me servir. Fais passer la consigne : on doit me le laisser. A moi seul!

Edyrn parut perplexe, ce qui lui arrivait rarement, mais alla transmettre les ordres. Blade se rapprocha des rangs et vit un cavalier trapu se détacher de la ligne samostaine pour galoper vers le carré. Il leva ses deux mains désarmées en signe de paix, et arrêta son cheval juste devant la ligne de piques. Blade trotta vers lui en serrant la bride à son étalon nerveux et piaffant. Un des archers, levant son arme, sourit largement à Blade.

— Laissez-moi tenter un coup, monseigneur. Je peux l'abattre d'ici et, si je le rate, vous pourrez m'écharper vif.

Blade le regarda et répliqua en riant :

— Plus tard, plus tard. Tu pourras te battre tout ton soûl, je te le promets.

Lycus était assis nonchalamment, un pied pendant hors de l'étrier. Sa main droite reposait légèrement sur la garde de son épée. Quand Blade approcha, il montra des dents de loup.

— C'est toi, l'étranger qu'on appelle Richard Blade?

— C'est moi, répliqua Blade en soutenant froidement le regard dur du Samostain. Que veux-tu? Pourquoi viens-tu parlementer au lieu de te battre?

— Oh, je te battrai bien, ne crains rien. A moins que tu sois un lâche, ou un homme plus raisonnable que ce qu'on prétend et que tu écoutes le message que je t'apporte.

— Quel message?

— De mon maître, Hectoris lui-même. Il a une grande admiration pour toi, Blade, mais ce n'est pas un ami. Tu dois le comprendre. Je ne veux pas te mentir. Mais tout homme qui peut le contrecarrer comme tu l'as fait intéresse Hectoris. Il désire te rencontrer.

— Moi de même, dit Blade avec un petit sourire.

— Alors c'est assez simple, dit Lycus en désignant le carré. Fais rompre tes rangs. Que tes hommes rendent leurs armes. Ils seront assez bien traités. Et mets fin à la destruction de Patmos car c'est cela qui enrage le plus Hectoris. Il n'a pas envie de conquérir un pays ravagé. Tu seras traité en hôte honoré tant que tu voudras rester, et une haute fonction te sera réservée si tu désires servir Hectoris. Izmia, celle que l'on appelle la Perle Noire, conservera sa suzeraineté, et tous ses partisans bénéficieront de privilèges. Elle demeurera le chef spirituel de Patmos, et ses cavernes seront respectées et jugées sacrées.

Blade ne doutait pas que ce Lycus avait été envoyé pour le sonder et conclure un marché. Hectoris ne tenait pas à combattre à moins d'y être contraint. Il leva les yeux vers le ciel, qui devenait d'instant en instant plus menaçant. Son interrogatoire de Ptol lui avait appris que l'armée samostaine, toute résistante qu'elle fût, était composée de vétérans fatigués par une longue guerre, qui aspiraient à la paix et aux fruits de leurs épuisantes campagnes. Et Blade comptait beaucoup sur cet état d'esprit.

— Hectoris a reçu mon message? demanda-t-il sèchement. Il connait mon défi?

— Si tu veux parler de la rumeur qui s'est répandue, hurlée des plages par tes mendiants qui ne se battront pas, si tu veux parler de ces discours destinés à corrompre les bons soldats de Samosta, oui, Hectoris l'a entendu. Et il l'ignore.

L'heure était maintenant à la ruse, à la perfidie. Blade prit un air surpris.

— Il l'ignore? Comment est-ce possible? J'ai entendu dire bien des choses d'Hectoris, mais jamais qu'il était un lâche. Aurait-il peur de se risquer en combat singulier contre moi?

— Hectoris n'a peur de rien! gronda Lycus. Mais pourquoi te combattrait-il, Blade? Qu'aurait-il à gagner?

La rouerie. La finesse. Blade mit du chagrin et de la douceur dans son sourire.

— Hectoris, gagner? Uniquement la mort de ma main, certainement. Mais toi, Lycus, et tous les soldats samostains, vous auriez beaucoup à gagner. La vie d'abord, car même si vous nous écrasez à la fin, nombreux sont ceux d'entre vous qui mourront. Nous vous opposerons une lutte farouche, et votre victoire ne vous rapportera rien qu'un pays en ruines et une montagne de cadavres. On dit qu'Hectoris vous fait faire la guerre depuis vingt ans. Il serait dommage que, la paix enfin venue, les hommes ne trouvent pas de femmes ni de vin, uniquement la mort.

Lycus cracha par terre.

— J'ai déjà entendu tout cela, Blade. C'est la propagande que tes espions murmurent parmi nos soldats, et que tes mendiants hurlent des plages et des collines, mais tu perds ton temps. Hectoris ne te combattra pas.

Blade, avec une assurance qu'il était loin d'éprouver, rétorqua :

— Je crois que si. Aucun homme ne peut commander s'il refuse d'affronter les mêmes périls qu'il impose à son armée. Il serait fou de l'essayer, et je ne crois pas que ton chef soit fou. Finalement, il sera obligé de m'affronter. Je descends en ce moment vers les plages et je hurlerai à qui veut entendre qu'Hectoris est un pleutre, qu'il n'est même pas un homme s'il ne veut m'affronter. Je lui offrirai un tel marché par ce combat qu'il ne pourra pas se permettre de refuser, car dans ce cas il perdrait tout crédit auprès de son armée, et ses officiers comploteraient contre lui avant la fin de la semaine.

Lycus dégaina à demi.

— Assez de discours! Vas-tu disperser tes hommes et m'accompagner paisiblement?

Blade secoua la tête.

— Tu connais ma réponse à cela, Lycus. J'irai à Hectoris à ma façon et selon mes propres termes.

Le Samostain tourna brusquement bride et lança à Blade par-dessus son épaule :

— C'est ce que nous verrons! J'enverrai à Hectoris une partie de ton corps, mais la bouche aura un peu moins de faconde quand il la recevra! Prépare-toi, Blade, car nous passons à l'attaque!

Blade galopa vers le carré. Il fit disperser les frondeurs et rassembla ses officiers autour de lui. Une ovation monta des rangs de la Garde quand les soldats comprirent qu'ils allaient se battre.

Les trompettes samostaines sonnèrent dans

l'air humide et brumeux. Le ciel se couvrait rapidement de gros nuages noirs et le vent se levait. Blade se dit que la bataille devrait être violente et brève. Il devait arriver à la plage avant que la tempête éclate dans toute sa fureur, sinon tous ses projets seraient compromis.

La cavalerie de Lycus resserra ses rangs et se plaça en formation de charge. Blade fut surpris. Il ne pensait pas que l'homme était un sot et pourtant une attaque de front dans ces circonstances était une folie. Ou Lycus était furieux et avait perdu son jugement, ou bien si arrogant qu'il pensait que ses cavaliers allaient rompre le carré par la seule force du nombre.

Blade donna des ordres aux frondeurs et aux archers, ces derniers devant tirer par-dessus les deux rangs qui les précédaient.

— Visez les chevaux, commanda-t-il. Les chevaux d'abord. Quand ils seront à pied, nous pourrons les réduire assez facilement.

Il s'adressa ensuite à ses officiers :

— Nous représentons la réserve. Toute la réserve. S'ils rompent nos rangs, nous devrons nous hâter de colmater les brèches et de les repousser. Edyrn, s'ils opèrent une percée ailleurs, tu prendras la moitié des hommes et tu t'en occuperas.

Edyrn hocha la tête. Ils n'eurent pas le temps d'en dire plus. La première vague de cavalerie déferlait sur le carré avec une violence et un fracas qui submergèrent jusqu'aux pensées des défenseurs.

Sur les ordres de Blade, chaque piquier du premier rang avait creusé dans la terre un trou en diagonale et y avait enfoncé la hampe de sa pique. Ces armes, longues de quatre mètres et cruellement acérées, formaient un hérisson redoutable. Lancée au grand galop, la cavalerie du Lycus vint s'y embrocher.

Blade, dressé sur ses étriers, observa le carnage avec une amère satisfaction. Les frondeurs et les archers faisaient des ravages dans les rangs ennemis et concentraient maintenant leur tir mortel sur les Samostains démontés. Les chevaux de guerre, farouches et obéissants, jetèrent leur ventre contre les piques et furent étripés ou s'abattirent, les jarrets coupés. D'autres arrivaient derrière eux et se heurtaient à cette barrière d'animaux blessés et agonisants. La charge avait été brisée.

La Garde était maintenant gênée par son propre nombre dans un espace restreint. Blade fit cesser le tir des frondes et des arcs, de crainte que ses soldats s'entretuent, et envoya Edyrn au galop pour refermer la brèche pratiquée sur un des flancs. Il éperonna son noir pour se porter à la rencontre de Lycus qui, avec une trentaine d'hommes, était résolu à se tailler un chemin dans les rangs pour pénétrer le carré et aller vers une mort certaine. Une mort que Blade, à ce moment, n'avait aucune intention de lui donner.

Tandis que Lycus et sa petite troupe entraient dans le carré, les officiers montés entourant Blade se tournèrent vers lui, attendant son ordre de repousser les Samostains et de les mettre en pièces. Blade ne donna pas cet ordre. Il attendait.

Au bout d'un moment il leva un bras et hurla à toute la Garde de cesser le combat. Ahuris, les hommes ensanglantés et couverts de sueur obéirent. Et regardèrent Blade sans comprendre.

Lycus aussi, son épée ruisselante, sa cuirasse bosselée et son panache coupé net par un javelot, abaissa son bras et considéra Blade avec stupéfaction.

— Que veux-tu encore? Tu as eu le dessus. Je me trompais, je ne croyais pas que ta Garde se battrait si bien. Pourquoi cesses-tu le combat? J'ai perdu, je suis déshonoré, je n'aspire plus qu'à la mort. Alors qu'attends-tu? Jamais je ne me rendrai!

Blade remarqua que le carré s'était refermé et que les autres Samostains battaient précipitamment en retraite. Edyrn revint, et Blade lui donna de nouveaux ordres.

— Ces hommes sont prisonniers jusqu'à ce que je me ravise. Aucun homme ne doit les attaquer. Veille à ce que tous le comprennent.

Blade mit pied à terre et marcha vers Lycus qui se tenait au milieu du groupe de soldats qui l'avaient suivi dans le carré. Il leva une main pour parlementer. Lycus, saignant d'une longue estafilade à la joue, le toisa d'un air méprisant.

— Tu veux parler, Blade, alors que tu nous as si bien pris au piège? J'avais tort. Tu n'es pas un démon mais un imbécile. La première règle de la guerre...

Blade le fit taire d'un geste. Ignorant Lycus, il s'adressa à ses soldats Samostains.

— Je suis Richard Blade. La plupart d'entre vous connaissent mon défi à votre chef Hectoris, mais pour ceux qui ne l'auraient pas entendu, je vais le répéter. Ecoutez bien et souvenez-vous, car j'ai l'intention de vous libérer, en vous laissant votre honneur et vos armes, et de vous renvoyer à Hectoris afin que vous puissiez lui rappeler mes paroles. Voici mon défi :

« J'affronterai Hectoris sur la plage. D'homme à homme, en combat singulier. Je serai armé de mon épée et de mon bouclier, rien de plus. Quant à Hectoris, il pourra être à cheval et porter toutes les armes qu'il voudra, épée, lance, masse d'armes, arc et flèches, je m'en moque. Je lui laisse ce choix immense parce que je ne le considère pas comme un vrai guerrier et que je sais que je peux le vaincre. »

Lycus se retourna vivement vers ses hommes.

— N'écoutez pas ce Blade! Je vous ordonne de mourir avec moi!

Blade ne dit rien. La Garde attendait et pendant quelques instants un grand silence plana sur le champ de bataille.

— Réfléchissez bien, hommes de Samosta, reprit enfin Blade. Si je lève le bras, vous mourrez tous. Vous avez combattu vaillamment et n'avez pas été déshonorés. Pourquoi voulez-vous mourir pour un Hectoris? Est-ce que cela réconfortera vos femmes, vos maîtresses? Est-ce que cela leur donnera du pain et un toit pour s'abriter? Et toi, Lycus, ne penses-tu pas que tu es l'égal d'Hectoris et que tu pourrais être choisi à sa place si je le tue?

Les Samostains hésitèrent, puis ils s'écartèrent de leur officier et abaissèrent leurs armes. Lycus leur cracha dessus et bondit sur Blade.

— Ta langue est bien une arme, Blade. Voyons si ton épée la vaut!

L'homme était résolu à mourir. Blade, alors même qu'il parait de son bouclier le premier coup d'épée, en éprouva du chagrin. Il aurait pu se servir de Lycus. Mais, ce qui était pire, il devrait maintenant le tuer et donner la preuve de sa valeur et de son habileté. Il aurait préféré le cacher à Hectoris jusqu'au dernier moment, il aurait voulu que le chef des Samostains le prît pour un vantard, un fanfaron, un homme ne méritant que le dédain. Cette ruse-là ne marcherait plus. Il devrait donc avoir recours à la tactique opposée : révéler sa force aux soldats samostains et puis les laisser répandre le bruit de ses prouesses, soumettant ainsi Hectoris à une autre sorte de pression.

Malgré tout, il fit une dernière tentative. Il para la grêle de coups et s'adressa à Lycus d'une voix forte.

— Ce n'est pas un combat loyal. Je suis dispos et tes combats t'ont fatigué. Pourquoi as-tu tant envie de mourir, Lycus?

L'officier haletait déjà, mais il se rua sur Blade et le força à rompre. Sur sa figure et dans sa barbe le sang se mêlait à la sueur. Son panache déchiqueté pendait, et il y avait une grande entaille dans son casque.

— J'ai juré fidélité à Hectoris, haleta-t-il. Et je respecterai mon serment. J'ai échoué dans ma mission et je mérite la mort, mais si je puis t'emmener avec moi, mon échec n'aura pas été total.

— Qu'il en soit ainsi, murmura Blade.

Il était résolu à ce que ce duel soit aussi bref que possible. Il avait déjà perdu trop de temps, et le ciel s'assombrissait tandis que le vent fraîchissait. Il avait tout projeté en vue de cette journée, de cette heure, et s'il la laissait passer aucune autre occasion ne se représenterait.

Pendant un moment, Blade reçut les coups d'épée sur son bouclier. Puis il se fendit brusquement et, comme Lycus rompait et faisait un saut de côté, momentanément sur la défensive, Blade passa à l'attaque. Il frappa d'estoc et de taille, feinta et bondit, portant des coups terribles qui faisaient pivoter le bouclier au bras de Lycus et en entamaient les bords. Lycus commença à reculer, le souffle court, les jambes lourdes et plus lentes à réagir. Blade le poussait impitoyablement.

Le cercle se resserra autour d'eux, poussé par la Garde curieuse qui avait rompu le carré et voulait voir le combat. Blade manœuvra adroitement Lycus pour le placer au centre même du cercle puis, paraissant renoncer, il lui offrit une ouverture en abaissant son bouclier et en parlant.

— Lycus! Tu as assez prouvé. Je...

Lycus se fendit désespérément. Blade para, tomba sur un genou, prit un nouveau coup sur son bouclier levé et frappa de taille aux jambes de l'officier. Le coup sauvage trancha les muscles des deux jambes au-dessus des genoux. Lycus s'écroula et, perdant son sang à flots, il chercha à se soutenir en s'appuyant sur son épée. Blade feinta à sa gorge. Lycus leva son épée pour parer le coup, et ses jambes fléchirent sous lui. Blade abaissa sa lame vers une faille de sa cuirasse. L'acier plongea et ressortit dans le dos de Lycus. De petits morceaux de viscères et de tissu pulmonaire tombèrent quand Blade retira son épée et laissa Lycus s'affaler sur le ventre à ses pieds.

Blade n'hésita pas. D'un coup violent il trancha la tête, en se disant que celui-là avait été vraiment un homme, et appela un piquier. Quand l'homme arriva, il fit planter la tête au bout de la pique et la remettre à un sous-officier samostain. Les soldats s'écartèrent pour le laisser passer. Blade le considéra et lui dit :

— Apporte cela à Hectoris. Rappelle-lui mes conditions. Je serai sur la plage dans quelques heures et, s'il n'est pas un pleutre, il m'y attendra. Et si tu es sage, si tu es aussi las de la guerre que tu le parais, tu répéteras à tous ce que tu as vu et entendu ici. Revenez à la raison toi et tous tes soldats! Laissez Hectoris prendre les risques, pour une fois!

Tous les Samostains commençaient à sortir du carré. Blade rappela le sous-officier.

— Rappelle à Hectoris que Juna fait partie du marché. Je m'attends à la trouver aussi sur la plage. Répète-le-lui. Maintenant va. Je te laisse une demi-heure d'avance.

Blade se remit en selle et écouta le rapport d'Edyrn sur les pertes subies.

— Fais soigner et panser les blessés qui peuvent marcher, ordonna-t-il. Nous devrons abandonner les autres.

— Il est d'usage de les égorger, monseigneur. C'est une mort plus miséricordieuse que de rester blessé et sans défense à la merci des bêtes sauvages et des vautours.

Blade hésita un instant, puis il secoua la tête.

— Non. Je n'agis pas pour Dieu, moi. Laisse-les. Il arrive qu'un homme survive quelle que soit la gravité de ses blessures. Je ne veux pas le priver de cette chance.

Nob revint à ce moment.

— Je le savais, mon maître, grogna-t-il. Je le savais bien que je manquerais la fête! Je...

— Tais-toi et parle-moi des plages, canaille!

Nob n'osa pas se plaindre davantage. Il grommela de mauvaise grâce :

— Y a rien. Le vent sur la côte est deux fois plus violent qu'ici, et les vagues sont déjà hautes. La flotte samostaine, reste mouillée à l'abri dans la grande rade et n'appareillera pas. J'ai fait taire mes mendiants parce que le vent couvrait leurs paroles.

Blade jura.

— N'exagère pas, Nob! La tempête n'est sûrement pas aussi furieuse déjà! Ne me dis pas qu'un petit bateau ne peut pas accoster!

— Oh pour ça, c'est bien possible, mon maître. Un petit bateau n'a pas de tirant d'eau et ne peut guère s'échouer sur des hauts-fonds encore qu'il risque de se retourner dans les creux. Mais la flotte, les grands navires de guerre d'Hectoris, ils restent à l'abri. Je ne pense pas qu'il y aura une invasion aujourd'hui.

— Mais un homme et un cheval, et peut-être une femme, insista Blade, pourraient venir à terre sans difficulté?

Nob haussa les épaules.

— Si les matelots sont habiles, pour sûr. Mais je ne compterais pas dessus, mon maître. Je ne crois pas qu'Hectoris soit lâche, ni fou. Mais j'ai bien pensé...

— On ne te demande pas de penser, Nob. Ça te fatiguerait trop. Il suffit. Va dire à Edyrn de se mettre en marche immédiatement. Au pas redoublé!

XII

Comme ils approchaient de la rade, Blade et Nob partirent en avant vers une langue de terre avançant dans la mer. Blade donna à Edyrn l'ordre de faire halte et de garder la colonne hors de vue. Il fit donner une trompette à Nob.

— Si tu entends quatre longues sonneries, tu arriveras avec la Garde, et vous vous préparerez tous à mourir. J'espère qu'il n'en sera pas ainsi.

Edyrn contempla longuement Blade, puis il lui serra la main.

— Que l'esprit d'Izmia soit avec vous.

Blade comprit alors qu'Edyrn savait ce qui était arrivé à sa grand-mère, bien qu'il n'en eût pas parlé.

La monture de Blade se laissa un peu distancer, et ce fut Nob qui aperçut la plage le premier. Il se dressa sur ses étriers, poussa un cri de joie et tendit le bras.

— Vous avez réussi, mon maître! Hectoris vous attend. Votre plan a marché! Vous l'avez forcé au combat.

Il le semblait bien. Blade arrêta son noir au bord de la falaise et contempla l'immense plage s'étendant sur des kilomètres dans les deux directions. Au-dessous de lui, bien au-dessus de la limite de la marée, une grande tente noire et argent avait été dressée. Une perche était plantée devant, supportant un bouclier orné du serpent se mordant la queue et de la devise *Ais Ister*. A côté, un soldat samostain tenait par la bride un cheval de guerre massif magnifiquement caparaçonné. Près de la portière de la tente, fermée à présent, s'alignaient de hautes lances.

Nob semblait en proie à une espèce de crainte respectueuse.

— C'est Hectoris en personne, monseigneur, murmura-t-il. J'ai déjà vu cette tente. Et ce cheval. Il doit être à l'intérieur.

Blade ne répondit pas. Il examinait l'étendue de sable fin où d'énormes rouleaux venaient s'écraser dans un bruit de tonnerre en faisant jaillir des gerbes d'écume que le vent emportait, creusant en se retirant de profonds canaux. La vue portait à des kilomètres dans les deux directions, et il ne devina aucun piège. Un coup d'œil à l'état de la mer lui suffit pour confirmer qu'il n'y aurait pas de débarquement ce jour-là. Le bateau qui avait amené à terre Hectoris et son cheval avait rejoint la flotte.

Nob comptait les navires à la cape dans la vaste rade, en se servant de ses doigts et en traçant des traits sur le sol avec la pointe de sa lance. Il y en avait trois cent neuf.

— Deux cents qui sont des transports de troupes, dit-il. Le reste, c'est pour les chevaux, le ravitaillement, les forges et tout ça, et deux ou trois pour les putes. Ils sont bien trop nombreux pour nous, mon maître. Va falloir que vous vous battiez avec lui, y a pas d'autre moyen. Même si vous avez pensé à une ruse, car vous ne me dites pas tout, je le sais bien, je ne vois pas à quoi ça pourrait nous servir.

Blade contemplait les navires que la mer en furie secouait et agitait comme des coques de noix. Il devait y avoir là des milliers de soldats en proie au mal de mer, qui ne pouvaient représenter une menace pour le moment. Il abaissa les yeux sur la tente. La portière était toujours close, et le Samostain faisait marcher le cheval de long en large pour l'empêcher de s'impatienter. Le ciel s'assombrissait d'instant en instant et le vent apportait parfois des rafales de pluie glacée. Blade se tourna vers Nob.

— Nous allons descendre sur la plage. Quand nous l'aurons atteinte, tu lanceras un seul coup de trompette.

Ils trouvèrent un sentier abrupt où les chevaux avancèrent avec précaution.

— Nous sommes seuls maintenant, mon maître, murmura Nob. Personne ne peut nous entendre. Alors dites-moi un peu comment vous comptez tuer cet Hectoris, car je sais bien que le message que vous lui avez envoyé c'était qu'un appât, pour l'attirer.

Cela fit rire Blade.

— Tu seras toujours une canaille, Nob, et tu t'imagines que les autres sont comme toi.

Je n'ai pas menti à Hectoris. Je l'affronterai comme je m'y suis engagé, à pied contre son cheval et sa lance et toute autre arme qu'il choisira.

Nob en resta bouche bée.

— M... mais... vous n'êtes pourtant pas fou, mon maître! Je ne peux pas le croire. Un homme à pied n'a aucune chance contre un cavalier. Il vous écrasera à la première passe!

— Nous verrons. Sonne de la trompette, maintenant. Un seul coup.

Ils étaient maintenant sur la plage, à cent mètres de la tente. Nob porta l'embouchure à ses lèvres, et la trompette sonna. Blade mit pied à terre, dégagea son épée du fourreau et prit son bouclier, en priant Nob de lui tenir son cheval et de reculer de cent pas.

— Mais, mon maître, s'il y a un piège vous allez avoir besoin...

— Fais ce que je te dis, gronda Blade. Allez, va!

— Cette tente pourrait être pleine d'hommes armés et...

Blade claqua la croupe de la jument du plat de l'épée, et la question fut réglée. Il se retourna pour contempler la tente que les rafales de vent gonflaient et secouaient. Toujours aucun signe de vie.

Soudain, ils apparurent et se dirigèrent vers lui. Juna et un homme de haute taille. Il était mince, presque maigre et dégingandé, et quelques mèches sombres voletaient sur son crâne chauve. En armure, le bouclier au bras, il n'avait pas dégainé son épée. Il leva la main droite, ouverte. Blade fit de même mais c'était Juna qu'il regardait.

Elle portait une longue robe blanche, serrée à la taille par une cordelière écarlate comme ses sandales. Ses cheveux d'or pâle claquaient au vent comme une brillante oriflamme. Sous la robe, son corps ondulait avec une souplesse qu'il n'avait pas oubliée, les beaux seins frémissaient, et malgré la gravité de la situation Blade se sentit brûler de désir en se rappelant comment ils s'étaient aimés dans le petit temple. Le temple... Une putain de temple! Oui. Et cela n'avait aucune importance. S'il était victorieux, elle serait à lui une dernière fois, car ainsi l'avait ordonné Izmia, et puis elle serait perdue pour lui et pour tous les hommes. En la regardant venir à lui, si jeune, si belle, il regretta ce qu'il devrait lui faire. S'il vivait.

Puis il oublia Juna. L'heure décisive était venue.

Le couple s'arrêta à une dizaine de pas. Juna garda le silence. Elle posa sur Blade ses yeux violets et les baissa vivement. L'homme l'examina un moment et prit son temps avant de demander :

— Tu es celui que l'on appelle Blade?

— C'est moi. Et tu es Hectoris?

— Je le suis. Hectoris, Maître de Samosta, de Thyrne et de Patmos.

Blade sourit.

— Cela reste à voir en ce qui concerne Patmos. Je t'accorde volontiers Thyrne et Samosta.

L'homme, aussi grand que Blade mais beaucoup plus mince, gratta son menton glabre et toisa Blade de ses petits yeux noirs. En guise de couronne, une guirlande de laurier ceignait son front haut. Blade attendit, tous ses sens en alerte, car il savait qu'il avait devant lui un adversaire redoutable. Juna resta à l'écart, les yeux baissés sur le sable.

— Il y a longtemps que j'attends cette rencontre, Blade, dit Hectoris. Et j'espérais qu'elle se passerait autrement, car je n'ai nul désir de te tuer.

— Moi, je n'ai nulle envie de mourir.

— Et pourtant, les termes de ton défi... Vas-tu les respecter? Je serai à cheval et toi à pied?

— Je les respecterai, si tu respectes aussi mes conditions.

Hectoris jeta un coup d'œil à la fille.

— Ah oui. Tu veux avoir Juna si tu gagnes. Tu l'auras.

— Et l'invasion sera épargnée à Patmos?

Hectoris sourit, et ses yeux sombres pétillèrent.

— Quant à ça, Blade, il pourrait y avoir des difficultés. Tu en seras responsable, pour m'avoir si habilement forcé à cette confrontation. Car si tu es vainqueur je devrai mourir, et lorsque je serai mort je ne pourrai plus me porter garant de mes capitaines. Ils ne chercheront pas à me venger, car je ne suis pas très aimé, mais ils voudront peut-être Patmos malgré tout, ou ce que tu en as laissé... Tu n'as pas d'autre suite que cet homme? ajouta-t-il en regardant Nob qui s'était arrêté à cinquante mètres.

Blade hocha la tête et considéra la tente derrière Hectoris. Le Samostain sourit et leva une main. Le soldat lâcha un instant le cheval et alla tirer sur une cordelière. La tente s'abattit brusquement, s'aplatit sur le sable, puis le vent la souleva et l'entraîna. Il n'y avait personne à l'intérieur.

— Tu craignais un piège?

— Cette idée m'était venue, avoua Blade.

Hectoris sourit de nouveau, en révélant de longues dents jaunies.

— A moi aussi. Mais tu as été trop rusé. Te prendre au piège aurait entaché mon honneur, tout autant que d'ignorer ton défi. Alors, puisque tu ne veux pas écouter la voix de la raison et te joindre à moi, je vais avoir le plaisir de te tuer.

Blade sourit à son tour.

— Pourquoi attendre plus longtemps? Ton soldat et le mien garderont la fille entre eux. Si je vis elle viendra avec moi, sinon elle restera avec toi.

Le soldat samostain vint chercher Juna, et tous deux allèrent rejoindre Nob. Blade dégaina son épée et, son bouclier au bras, il descendit vers le bord de l'eau. Quand il en fut à une quinzaine de mètres, il s'arrêta et se retourna. Lorsqu'il romprait, comme il le devrait au début, il aurait la mer derrière lui. Ainsi, Hectoris ne pourrait l'attaquer que sur trois côtés.

XIII

Blade regarda Hectoris se mettre en selle, ajuster à son bras gauche le bouclier orné du serpent et prendre une lance au râtelier; il avait dégagé son épée du fourreau et accroché une masse d'armes à sa selle. Blade sourit ironiquement. Hectoris le prenait au mot et arrivait armé jusqu'aux dents. Il tourna son attention vers le cheval de bataille, qui piaffait et encensait comme s'il sentait le combat.

C'était un animal magnifique, un gigantesque destrier qui, calcula Blade, devait peser une tonne ou plus. Suprêmement entraîné pour la bataille en masse, il se révélerait peut-être lourd et peu maniable contre un seul homme agile. Blade l'espérait. Le cheval portait une armure de chanfrein avec une longue pointe acérée entre les deux yeux, et un long caparaçon de maille. Rien de tout cela ne déconcerta Blade mais il maudit les jambières de bronze. Il ne pourrait le frapper aux jarrets pour l'abattre. Un espoir de victoire en moins.

Hectoris rassembla les rênes et abaissa sa lance. Blade jeta un coup d'œil derrière lui.

Une vague haute de trois mètres déferlait rapidement pour venir s'écraser en grondant sur le sable mouillé, en l'inondant d'écume salée. Blade recula encore de quelques pas et se tint prêt au premier assaut.

Le puissant cheval s'élança, galopant assez lourdement car le sable mou s'accrochait à ses sabots. Blade avait compté sur cela quand il avait choisi de combattre sur la plage.

Hectoris portait sa lance sur sa droite. Blade se déplaça pour offrir la cible de son bouclier en forme de cerf-volant dont le secret était bien dissimulé et recouvert de vernis. Il resta ferme sur ses jambes tandis que le cavalier et sa monture fonçaient sur lui, Hectoris penché sur l'encolure, la lance maintenue à l'horizontale. Le sol frémit sous les pieds de Blade au martèlement des sabots, et la pointe de la lance scintilla dans le jour assombri.

Blade fit un bond sur sa droite, en calculant parfaitement son mouvement, et Hectoris passa au grand galop. Blade frappa la croupe du cheval comme il le frôlait. Et il éclata de rire, assez fort pour qu'Hectoris l'entende malgré les hurlements du vent; s'il pouvait encore attiser sa colère, autant de gagné.

Le cheval de guerre entra presque dans la mer en furie avant de pouvoir s'arrêter. Il se cabra, dansa sur ses jambes de derrière et, pendant un instant, Blade crut qu'Hectoris allait vider les arçons. Il commença à prendre son élan pour se précipiter, mais le Samostain retrouva son assiette et scia la bouche de sa monture pour lui faire tourner bride et quitter les remous bouillonnants qui l'effrayaient. Blade courut rapidement vers sa droite, plus près de l'eau, et se remit en position. Hectoris ne recommencerait pas la même erreur.

Le Maître de Samosta couvrit une petite distance au trot puis il tourna bride; cette fois, il attaquait parallèlement à la mer. C'était à la fois bon et mauvais pour Blade. Le sable mouillé collerait plus encore au sabot et ralentirait le cheval, mais lui-même n'était plus adossé à la mer. Hectoris abaissa de nouveau sa lance et avança, lentement d'abord, puis de plus en plus vite. Il tenait toujours sa lance sur sa droite, mais dans sa main gauche il avait maintenant la masse d'armes.

Blade exécuta la même manœuvre, en s'écartant d'un bond de la pointe de la lance, mais il encaissa cette fois un violent coup de masse sur son bouclier. Cette arme, une boule de métal hérissée de pointes et reliée à une courte poignée par une chaîne, cabossa le bouclier et faillit le lui arracher. Hectoris, montrant des dents de loup, cria quelque chose au passage que Blade ne put saisir. Il se retourna, juste à temps car le lourd destrier n'était ni aussi lent ni aussi maladroit qu'il l'avait supposé et il revenait au grand galop sur Blade avant qu'il ait eu le temps de souffler. Blade prit un nouveau coup de masse sur son bouclier qui le fit tomber sur un genou. Et Hectoris tournait bride pour revenir déjà.

Cette fois, Blade ne s'écarta pas de la lance. Il reçut le coup de pointe sur son bouclier, près de la bosse centrale et le dévia, mais tout son côté gauche fut engourdi par le choc. Néanmoins, il se fendit et fit couler le sang de la monture à son passage. Une blessure superficielle, qui ne lui serait d'aucun secours mais qui ranima son espoir.

Hectoris ne revint pas immédiatement. Il examina la pointe de sa lance et alla au râtelier en chercher une autre. Il se comportait en homme qui a tout son temps devant lui. Blade regarda, au-delà de la tente abattue, Juna, debout entre Nob et le soldat samostain. Elle abritait ses yeux contre le vent et le sable, et contemplait la plage.

Hectoris abaissa sa nouvelle lance et fit tournoyer la masse d'armes au-dessus de sa tête. Blade examina son bouclier. Il était temps de mettre à profit le secret.

Un trou avait été percé près de la bosse centrale et un autre près du rebord. On avait creusé une rainure afin qu'une fine chaîne y tienne à plat, et recouvert le tout d'une épaisse couche de vernis. La chaîne était maintenant tendue et semblait faire partie du bouclier. Blade la dégrafa à l'intérieur, la fit sauter de la rainure et pendre en formant une boucle. Une boucle de chaîne qui pourrait accrocher et retenir une pointe de lance.

Blade se rapprocha de la mer et banda tous ses muscles en prévision du choc. S'il pouvait attraper dans sa boucle de chaînons la pointe de la lance et l'arracher à la main d'Hectoris, il aurait une seconde arme. Cela ne serait pas contraire aux conditions du combat car il avait tenu parole et s'était présenté uniquement armé de son épée et de son bouclier. Et si Hectoris, surpris, ne lâchait pas la lance à temps il serait peut-être désarçonné. C'était à cela que Blade devait aboutir s'il voulait être vainqueur. Plus près maintenant. Plus près...

L'ordinateur se manifesta. Une douleur fulgurante transperça le crâne de Blade, et il abaissa son bouclier en poussant un cri atroce, rendu momentanément fou par la souffrance intolérable. Rien, absolument rien, pas la moindre migraine ne l'avait averti que Lord L le cherchait et maintenant... maintenant... Aveuglé par un brouillard rouge, il tomba à genoux et roula sur lui-même pour éviter d'être piétiné. Amer et furieux. L'ordinateur le cherchait trop tôt ou trop tard. Il ne l'emporterait pas à la première tentative, cela n'était jamais arrivé, mais malgré tout ce serait son arrêt de mort. Aveuglé par la douleur, se tordant sur lui-même, il était sans défense.

Hectoris, peut-être décontenancé par le hurlement de Blade et sa chute soudaine, ne fit que le frôler. La pointe de la lance se déplaça à la dernière seconde et arracha le cuir et l'acier de l'épaule de Blade, en égratignant à peine la peau. L'armure se défit, et la lance emporta l'épaulière comme un trophée. Hectoris jura et tourna brutalement bride. Maintenant, l'hallali.

La douleur se calma soudain. Blade se remit debout en chancelant. Il avait perdu son épée et n'avait plus le temps de la chercher, seulement celui d'ajuster la chaîne en boucle et de lever haut son bouclier tandis que le Samostain se ruait de nouveau sur lui.

La lance frappa. La pointe aiguë s'engagea dans la chaîne. Blade eut l'impression que son bras s'arrachait de son corps mais il fit appel aux ressources de ses muscles puissants et, tombant à genoux, il tira sur le bouclier en le tordant. La pointe glissa, et la hampe, retenue par la chaîne, tourna dans la main d'Hectoris en agissant comme un levier. Le Samostain ne lâcha pas prise à temps. Il fut soulevé de sa selle et tomba lourdement à dix pas derrière Blade.

Blade se précipita vers lui, armé de la lance. Trop tard. Hectoris roulait sur lui-même et se relevait déjà. Blade, jouant le tout pour le tout, projeta sa lance de toutes ses forces mais le Samostain la détourna avec son bouclier. Blade s'immobilisa et commença à battre en retraite, en cherchant son épée des yeux. Il l'aperçut qui brillait sur le sable au bord de l'eau. Il y courut.

Hectoris était déjà là, l'air railleur, entre Blade et son arme. Il fit tournoyer sa masse; la boule hérissée de pointes s'abattit sur le bouclier de Blade. Une fois, deux fois, dix fois, la masse retomba en tonnant. Blade fut obligé de reculer, de s'éloigner de plus en plus de son épée.

Les deux hommes haletaient, les poumons douloureux, ruisselaient de sueur. Hectoris, proche de l'épuisement, revint à la charge. Vaille que vaille, Blade rassembla ses dernières forces et s'élança à la rencontre de la masse, para et écrasa son bouclier dans la figure de son ennemi. Pour la première fois, Hectoris céda du terrain. Et il glissa dans le sable. Cela suffit. Blade se précipita vers son épée.

Hectoris jura, et le vent mugissant apporta son blasphème aux oreilles de Blade. Hectoris lança la masse. Elle frappa Blade derrière les genoux, mais la boule hérissée l'épargna, et ce fut seulement la chaîne qui s'emmêla dans ses jambes et le fit tomber à plat ventre. Il rampa précipitamment, allongeant le bras vers la garde de son épée. Ses doigts se refermèrent sur la poignée.

Hectoris s'était rué sur lui. Blade roula sur lui-même, et le glaive du Samostain s'enfonça dans le sable à l'endroit qu'il venait de quitter. Blade, tentant de se relever, glissa et reçut un nouveau coup d'épée sur son bouclier cabossé. Une partie du rebord vola en éclats. Il frappa à l'aine, repoussa Hectoris et se releva enfin. De l'écume bouillonna autour de ses pieds. Ils combattaient maintenant tout au bord de l'eau.

Hectoris — ce corps maigre, efflanqué, semblait receler des forces inconnues — bondit et se mit à ferrailler avec fureur. Blade comprit qu'il avait devant lui un égal. Tout en rendant coup pour coup, feintant et parant, il commença à échafauder un plan, en priant que l'ordinateur le laisse en paix jusqu'à la fin du combat. Si la douleur le faisait hésiter maintenant, il était perdu.

Ils avaient maintenant de l'eau jusqu'à la taille. Hectoris se fendit. Blade rompit un peu, sans oser regarder derrière lui, mais l'oreille tendue et guettant l'arrivée rugissante de la prochaine vague. S'il avait bien calculé...

Un rouleau géant se gonfla, replia sa crête couronnée d'écume. En même temps, Hectoris et Blade bondirent à l'assaut. Blade feinta et saisit le ceinturon de son ennemi. Il jeta son épée, para un dernier coup d'Hectoris et se débarrassa de son bouclier. De toute sa force, il attira l'homme sur lui, l'enlaça et lui fit un croc-en-jambe. La vague s'écrasa sur eux comme un marteau d'enfer, les submergea, les renversa et les traîna, enlacés, sur le fond de sable et de gravier. Blade, qui avait son plan, s'était empli les poumons. Il fit une prise de cou, serrant la tête d'Hectoris au creux de son coude gauche, saisit son propre poignet de sa main droite et pesa de toute sa force phénoménale.

La vague les roula vers la plage. Blade sentit craquer les vertèbres cervicales d'Hectoris. Il enfonça ses genoux dans le sable, résista et entraîna son ennemi en eau plus profonde où, se servant de son avantage de poids, il le poussa de nouveau au fond. Le Samostain avait dégainé sa dague et tentait faiblement de taillader les jambes de Blade. Il parvint à lui faire quelques estafilades douloureuses, mais Blade n'en avait cure. Il était vainqueur.

Il laissa quatre autres vagues déferler sur eux avant de se redresser et de traîner vers la plage le corps inerte d'Hectoris. Haletant, il se tourna vers la rade où se massaient les navires de la flotte. Les vergues et les enfléchures étaient noires de matelots curieux. Blade traîna le corps en haut de la plage, bien au-delà de la limite de la marée, puis il alla ramasser la lance et la planta à côté de la tête ballante. Hectoris ne s'était pas noyé. Blade lui avait brisé la nuque.

Il resta un moment debout près du corps de son ennemi, en contemplant la flotte. Il leva le poing, le brandit trois fois et se détourna. Nob et le soldat samostain descendaient vers lui, Juna entre eux.

Elle attendit en silence, les bras croisés sous ses seins, pendant que Blade s'adressait aux deux hommes.

— Le corps de ton maître est là-bas, dit-il au soldat. Va le veiller. C'était un homme, mais il s'est battu comme un démon, et j'ai gagné de peu. Tu diras à tes capitaines que moi, Richard Blade, je l'ai dit. Tu leur apprendras aussi que je vais leur envoyer Ptol, le prêtre, avec les termes par lesquels Patmos et Samosta pourront signer la paix. Si cette paix est refusée, dis-leur qu'ils ne peuvent rien espérer que la mort, l'incendie et la désolation. Ils n'hériteront que des ruines. Va, et veille ton maître. Quand nous serons partis et que la tempête sera un peu calmée, ils enverront un bateau pour toi.

L'homme s'inclina, l'air terrifié, et s'en alla précipitamment. Blade regarda Nob et lui désigna le puissant destrier, qui avait trouvé de petites touffes de genêts ou d'herbe de mer et paissait tranquillement.

— Va chercher le cheval pour ma dame,

Nob. Quand nous serons retournés aux cavernes, il sera à toi.

Une nouvelle douleur fulgura dans la tête de Blade.

Nob fit une chose qu'il n'avait jamais faite de sa vie. Il mit genou en terre devant Blade et de son œil unique une larme roula sur sa joue maculée de crasse.

— Monseigneur! Je vous ai cru mort, mes yeux n'ont pas cru, je n'avais pas la foi. Et je... je pensais déjà au moyen de me joindre aux Samostains. Je ne suis pas digne d'un tel présent, mon maître. Je ne suis digne de rien, je...

Blade le claqua sur l'épaule.

— Debout, vieux lascar. Tout s'est bien terminé et tu n'auras pas besoin de retourner encore une fois ta veste. Va, maintenant, va chercher le cheval pour Juna.

Nob obéit. Blade se tourna vers la fille, plongea son regard au fond des yeux violets et faillit perdre courage. Mais il avait prêté serment à Izmia.

Juna vint vers lui.

— Le faut-il, Blade? Je ne le veux pas. Depuis que je t'ai vu j'ai projeté de t'avoir avec moi, de t'aimer toujours, d'affronter ensemble l'intrigue et les complots et, enfin la paix venue, d'être heureuse avec toi.

Blade secoua la tête. La douleur était toujours là, mais supportable. L'ordinateur tâtonnait.

— Je ne puis rester, Juna. Tu sais de quoi Izmia m'a parlé, n'est-ce pas?

— Je le sais, répondit-elle amèrement. Depuis ma petite enfance, je sais que ce jour devait venir. Tu pourrais me sauver, Blade, tu pourrais m'emmener avec toi.

— Je ne peux pas. Entre toutes les choses du monde, c'est la seule que je ne puisse faire.

Nob revenait avec le cheval. Juna, très pâle, ramena sa mante contre son corps svelte.

— Partons, alors. Izmia t'a dit tout ce qui devait être fait?

— Izmia m'a tout dit.

XIV

Dans une petite salle, tout près de la Grotte de la Musique, Blade et Juna s'étreignaient et faisaient l'amour pour la dernière fois. Serrant entre ses cuisses pâles le grand corps musclé, elle souffla :

— Attention, ne répands pas tout, mon cœur. Il faut garder un peu de toi pour... tu sais quoi.

— Je sais.

Ils étaient allongés sur le catafalque noir. L'épée et la perle, le calice et le vin étaient prêts. Ils attendaient, tous symboliques, le vent et l'eau, le feu et la terre.

Juna murmura sur la bouche de Blade :

— Pourquoi suis-je ainsi maudite? J'ai été docile, obéissante. J'ai donné ma vie à Izmia et à Patmos, j'étais son envoyée et sa créature, de bonne foi, dans l'intrigue et la trahison. Je n'ai jamais douté du bien de ma mission... jusqu'à ce que je te connaisse. Maintenant je voudrais être une simple femme, libre d'aimer l'homme qu'elle a choisi, et je ne peux pas. C'est bien amer.

Il ne put que hocher la tête et la serrer contre

lui. Oui, c'était amer. Et cela devait être fait. Rapidement. Les douleurs revenaient, plus rapprochées; il allait devoir quitter bientôt la Dimension X. Mais ce fut Juna qui déclara :

— Puisque cela doit être, Blade, ne tarde pas.

Du catafalque elle le suivit des yeux quand il prit la perle noire d'une main et l'épée de l'autre. D'un coup puissant, il abattit la garde sur la perle qui se brisa en éclats et en poussière.

Blade versa du vin dans le calice, y ajouta trois pincées de poudre de perle et retourna au catafalque. Juna lui prit le calice et s'agenouilla devant lui. Blade était presque épuisé et elle dut le caresser et le sucer un moment. Puis, d'une main experte, elle provoqua l'orgasme et recueillit le sperme dans le calice. Cet effort lui avait coûté. Ses yeux étaient creux quand elle lui rendit le calice et retomba sur le catafalque. Blade ne pouvait se reposer, lui.

Il mélangea la potion et, quand elle fut épaissie et dégagea une légère vapeur, il en enduisit la pointe de l'épée, et puis toute la lame. Une patine se forma, ternissant l'acier, et elle parut fumer aussi. L'épée au poing, il se tourna enfin vers Juna.

Elle était prête, les jambes écartées, nue, les seins frémissants, les yeux mi-clos, avec une expression de crainte, de regret et, peut-être aussi, de plaisir anticipé.

Blade hésita. Il contempla la longue épée, puis le corps de Juna. Etait-ce possible?

Même dans la Dimension X... était-ce possible?

— N'attends plus, Blade! cria Juna. Sinon je vais perdre courage.

Il abaissa la pointe de l'épée et la guida entre les jambes écartées.

Juna arqua son dos, renversa sa tête en arrière et poussa un seul cri. Sa figure devint un masque où brûlaient des yeux qui n'étaient plus ceux de Juna. Ils changeaient de couleur, devenaient des lacs d'ambre où nageaient des paillettes d'or.

Il guetta le sang mais il n'y en eut point. Juna, cette femme, cette créature qui avait été Juna, se tordait de volupté sur l'épée qui la pénétrait. Centimètre par centimètre, l'acier s'insinuait en elle. Elle l'avalait, l'accueillait dans ses plus intimes crevasses. Ses yeux étaient des cavernes d'or où couvaient les feux de l'extase. Ses traits commencèrent à se transformer, subtilement, puis avec rapidité, et il ne vit plus Juna. La fille aux yeux violets avait disparu. Il voyait... Izmia!

Sa peau, sa chair changèrent de couleur, scintillant de lumière et de flamme, passant par toutes les teintes du spectre. Blade, ruisselant de sueur, enfonça la lame jusqu'à ce que la garde repose contre sa chair, épinglée là comme un bijou éblouissant. La grande épée était tout entière au fourreau de ce corps, qui avait grandi, dont les jambes étaient plus longues, les seins plus lourds...

Blade recula et la contempla. Et la reconnut ... la jeune Izmia!

Il ne lui restait plus qu'un devoir à accomplir. Il saisit l'épée par la poignée et la retira d'un seul mouvement. Elle poussa un cri et se tordit en criant encore à tous les échos. Blade jeta l'épée loin de lui.

Izmia se redressa sur le catafalque, elle sourit à Blade et lui tendit une main. Blade...

Le toit du monde explosa. Le volcan renonça à son silence et fit éruption dans un délire de bruit. La lave en fusion emplit son cerveau, et il s'entendit hurler de douleur tandis que la caverne s'écroulait autour de lui. Le catafalque et la femme disparurent dans un tourbillon de néant lumineux. Blade courut à une allure démente sur une roue de *loti*, frappé de tous côtés par des ballons à figure humaine. Il devint minuscule. Des bannières spectrales claquèrent comme des ailes maléfiques, et un serpent, sa queue dans la bouche, le poursuivit comme un épouvantable cerceau. Les ballons passèrent, et il les reconnut, Nob, Hectoris, Edyrn, Gongor et Mijax, et ce démon zézayant de Ptol. Blade hurla et continua de courir, de courir...

Aucun secours, aucune évasion. Si, car il se précipitait dans la bouche grande ouverte d'Izmia. Les dents blanches étaient des falaises et la langue rouge une route, et Blade glissa sur la surface humide et tomba en tournoyant dans le gosier béant. La bouche se referma, les grandes dents claquèrent, et Blade tomba d'un million de kilomètres de haut dans un estomac vaste comme l'univers.

Un autre taxi, un autre embouteillage. Blade,

après une semaine de rapport, d'hypnose et de clinique, éprouvait une sensation de déjà vu, augmentée par la coïncidence. Leur taxi était immobilisé dans Lothbury Street près de Copra House. Le même vendeur de journaux brandissait une affichette. Tout cela était déjà arrivé... neuf mois plus tôt.

Il s'était produit, avait expliqué Lord L, un dérapage temporel. En général Sa Seigneurie ne s'inquiétait guère du temps dans la Dimension X; il concordait rarement avec celui de la Dimension normale. Mais cette fois, Blade avait reçu un coup violent sur la tête qui avait provoqué son amnésie temporaire et dérouté aussi l'ordinateur, jusqu'à ce qu'un réglage délicat ait été effectué. Ils avaient presque cru Blade perdu à jamais.

La figure de J, assis à côté de lui, exprimait les ravages de ces neuf mois perdus. Ses cheveux étaient plus gris, plus clairsemés, ses rides plus profondes. Quand Blade l'avait revu, lorsqu'il avait enfin pu quitter la Tour de Londres, J avait hoché la tête et dit simplement : « Nous pensions bien ne plus vous revoir, mon garçon. » C'était tout. Mais il y avait eu des larmes dans les yeux du vieux monsieur.

Depuis quelques minutes, le taxi n'avançait pas. Blade regardait le vendeur de journaux. Il pouvait lire les gros caractères de la manchette : DIANA A UN GARCON. J, lui aussi, remarqua la coïncidence.

— Vous vous souvenez? Nous avons été pris dans un embouteillage ici même, le jour où nous sommes allés à la Tour et où nous étions tellement en retard. Vous avez acheté le journal.

— Oui. Diana et Sir David Throckmorton-Pell. Le juge qu'on appelle La Corde. Elle venait de le quitter.

— Ce n'était pas la première fois, dit J en souriant. Mais elle est revenue, et ils viennent d'avoir un enfant. Je doute qu'elle fasse de nouvelles fugues maintenant.

Blade comprit alors. Des yeux verts d'abord glacés et puis si brûlants! Un slip noir sans dentelle. Une crique du Dorset, et un jeu, et enfin l'accouplement dans les profondeurs et la séparation, le départ sans au-revoir.

Hercule et Diane. Un jeu marin auquel on ne devait jouer qu'une fois.

— Certains des journaux à scandale laissent entendre que Sir David n'est pas le père, reprit J. Discrètement, bien sûr. Mais dans le *Mirror*, Tony Asquith la défend du bec et des ongles. Bien sûr, tout le monde sait que Tony est fou d'elle. Un ou deux chroniqueurs ont même insinué que le père pourrait bien être Tony.

— Non, dit distraitement Blade.

— Quoi?

— Je voulais dire que je doute qu'un crétin comme cet Asquith puisse être le père. Mais pourquoi ne fiche-t-on pas la paix à cette pauvre fille? Et au vieux Sir David, après tout. Ça pourrait changer leur vie... Ils ont peut-être une chance d'être heureux, à présent.

Blade savait. Tout comme elle devait le savoir, quel que fût le nombre d'hommes qu'elle avait eus. Et cela s'arrêtait là. Jamais il ne pourrait la revoir. Il n'en éprouvait aucune tristesse. Il était revenu de l'enfer pour trouver un peu d'immortalité qui lui était conférée. Qui pourrait s'en plaindre?

Le taxi redémarra. J, observant sournoisement Blade, se dit que c'était bizarre; jamais il n'avait remarqué que le garçon pouvait à l'occasion prendre un petit air satisfait.

LES ANTI-GANGS

Les Anti-gangs, une équipe d'hommes durs et implacables qui tuent et se font tuer dans un combat sans merci.

DÉJÀ PARUS :

AUGUSTE LEBRETON :

N° 1 : L'AS DES ANTIGANGS
N° 2 : L'AS ET BELLES CHAUSSURES
N° 3 : L'AS ET LE CASSE DU SIÈCLE
N° 4 : L'AS ET LA MARQUISE
N° 5 : L'AS ET L'ENNEMI PUBLIC
N° 6 : L'AS ET LES TERRORISTES
N° 7 : L'AS AU SÉNÉGAL
N° 8 : L'AS ET LES MALFRATS

GEORGES PIERQUIN :

N° 9 : LE PLUS SALAUD DES TROIS
N° 10 : LA POLKA DES RINGARDS

IMPRIMÉ EN FRANCE PAR BRODARD ET TAUPIN
7, bd Romain-Rolland - Montrouge.
Usine de La Flèche, le 30-05-1979.
1978-5 - N° d'Editeur 10319, 2ᵉ trimestre 1977.